Bessie

Orangen und Zitronen

Geschichten von Zärtlichkeit und Macht

Mit einem Vorwort
von Gillian Stead Eilersen

Aus dem Englischen von Hilde Schruff

Lamuv Taschenbuch 254

Originaltitel:
Tales of Tenderness and Power

Bitte fordern Sie unser kostenloses Gesamtverzeichnis an:
Lamuv Verlag, Postfach 26 05, D-37016 Göttingen, Telefax (05 51) 4 13 92
e-mail lamuv@t-online.de
www.lamuv.de

Gedruckt auf Öko 2001 Papier zur ökologischen Buchherstellung
(80 Prozent Altpapier, 20 Prozent Durchforstungsholz aus nachhaltiger
Forstwirtschaft, ohne Färbung, ohne optische Aufheller)

99 00 01 02 03 6 5 4 3 2 1

1. Auflage 1999
Deutsche Erstausgabe

Umschlaggestaltung: Gerhard Steidl
unter Verwendung eines Fotos von Michael und Patricia Fogden
Gesamtherstellung: Steidl, Göttingen
Printed in Germany
ISBN 3-88977-536-7

Bessie Head

Orangen und Zitronen

Black Women
Lamuv

herausgegeben von
Heike Brillmann-Ede

Black Women: Der Lamuv Verlag will sich verstärkt den Werken von Frauen, vor allem aus Afrika, widmen, ihre Romane, Erzählungen, Autobiographien veröffentlichen.

Black Women: Das sind Bücher, die etwas Neues bieten, die bereichernd sind, die »Altes« aus einer ganz anderen Perspektive beleuchten, möglicherweise dadurch auch »fremd« erscheinen, zugleich »aufregend« sein können oder Verbindendes deutlich werden lassen, wo zunächst Trennendes dominierte.

Black Women: Diese Autorinnen sind hierzulande – Ausnahmen bestätigen die Regel – nur wenigen bekannt. Sie haben es sich verdient, ihre Leserschaft zu finden – ob weiblich oder männlich. Denn: »Ohne die afrikanische Literatur fehlen dem Orchester der Weltliteratur einige wichtige Instrumente.« (Doris Lessing)

Nähere Informationen über unser Programm sind kostenlos erhältlich bei:
Lamuv Verlag, Postfach 2605, D-37016 Göttingen

Inhalt

Vorwort

Bessie Head wurde 1937 in Südafrika geboren, sie verbrachte jedoch die Hälfte ihres Lebens in Serowe, Botswana, wo sie 1986 auch starb. Manchmal beklagte sie sich bei ihren Freunden, daß sie so häufig die Grunddaten ihres Lebens mechanisch herunterleiern mußte – »Ich wurde 1937 in Pietermaritzburg geboren . . . meine Mutter starb in einer Nervenheilanstalt ... ich besuchte eine Missionsschule in der Nähe von Durban . . . « –, daß sie nach und nach unwirklich wurden.

Wenn sie die Erinnerungen an ihre Kindheit zu vermeiden versuchte, und das tat sie beinahe Zeit ihres Lebens, dann ist das sehr verständlich. Ihre Herkunft hatte traumatische Folgen für sie. Sie war die Tochter einer reichen, weißen Frau und eines unbekannten schwarzen Mannes und wurde geboren, nachdem ihre Mutter in eine Nervenklinik eingewiesen worden war. Eine ahnungslose Adoptionsbehörde wies sie einer weißen Familie zu, die sie aber sehr bald »zurückgab«, weil sie »fremd« aussah. Danach adoptierte eine sogenannte farbige Familie sie. Als sie sechs Jahre alt war, starb ihr Adoptivvater zur etwa gleichen Zeit wie ihre eigene Mutter, und sieben Jahre später schickte das Jugendamt sie ins St.-Monica-Heim, Hillary, da sich die Lage in ihrer Adoptivfamilie zunehmend verschlechterte.

Sie glaubte, das Kind der Familie zu sein, in der sie aufgewachsen war, doch als die ersten Ferien begannen und sie davon ausging, daß sie diese »zu Hause« bei ihrer »Mutter«

verbringen würde, erlitt sie einen tiefen Schock. Mit erschreckender Offenheit erklärte ihr die Schulleiterin, daß sie nie wieder dorthin zurückkehren würde. Die Frau, die sie ihre Mutter genannt hätte, sei nicht ihre Mutter. Ihre richtige Mutter sei eine weiße Frau. Sie sei verrückt. Bessie solle das nicht vergessen, denn sonst könne sie genauso verrückt werden wie ihre Mutter. Man hätte ihre Mutter einsperren müssen, weil sie eine Affäre mit einem ungebildeten Mann, einem schwarzen Mann, gehabt hätte.

So etwa lautete die Mitteilung, an die Bessie Head sich später in Interviews erinnerte. In wenigen Minuten war durch diese ungeheuerlichen Tatsachen ihre Welt zerstört worden. Wie gesagt, sie war damals etwa dreizehn Jahre alt. Als sie älter wurde, begründete sie ihre Antipathie gegen Missionare und ihr Mißtrauen gegenüber dem Christentum mit dieser und ähnlichen Situationen, die sie mit der damaligen Schulleiterin erlebt hatte. Dennoch lernte sie in St. Monica einen Menschen kennen, der sie so inspirierte, daß sie die Protagonistin ihres zweiten Romans nach ihr benannte.

Die Protagonistin heißt Margaret Cadmore. Obwohl sie eine San (oder eine Buschfrau, wie man sie damals nannte) ist, wird sie von einer Missionarin mit diesem Namen aufgezogen und erhält eine erstklassige Bildung. Kurz nach der Veröffentlichung dieses zweiten Romans mit dem Titel *Maru* (1971) schrieb eine englische Ärztin an Bessie Head und fragte nach dem Ursprung des Namens. Sie hätte eine Freundin gehabt, die Margaret Cadmore hieß und die als Missionarin in Südafrika und als Krankenpflegerin während des Zweiten Weltkrieges gearbeitet hätte. Bessie antwortete ihr:

»Ihre Schulfreundin und die Margaret Cadmore in meinem Buch sind ein und dieselbe Person. Sie wurde Schulleiterin in St. Monica, Hillary, als ich dort zur Schule ging. Meine Verbindung zu ihr war zwar nicht so eng, wie im Buch beschrieben, doch ihr Wesen beeindruckte mich sehr. Ich fühle mich immer zu lebhaften, eigenwilligen und freien Menschen hingezogen, und sie hinterlassen einen bleibenden Eindruck in mir.« (BHP, Ordner 149, 24.5.1972)

Bessie Heads Mutter hatte schriftlich festgelegt, daß ihre Tochter eine gute Ausbildung erhalten sollte, und die Missionsschule hielt sich, so gut sie konnte, an diese Anweisungen. Bessie lernte nicht nur Narzissen, Schneeglöckchen und andere englische Blumen kennen, die in Afrika damals selten zu sehen waren, sie erlangte auch umfassende Kenntnisse über die sogenannten englischen *Lake*-Dichter oder Charles Dickens. Ihre Liebe zu Büchern und zum Lesen generell wurden in jener Zeit geweckt. »Alles andere brachte ich mir später selbst bei«, sagte sie 1984 über diesen Lebensabschnitt. Nachdem sie 1955 ihre Lehrerinnenausbildung abgeschlossen hatte, unterrichtete sie zunächst in Durban, zog dann nach Kapstadt und später nach Johannesburg, um als Journalistin zu arbeiten. Als sie 21 Jahre alt wurde, zahlte man ihr einen geringen Geldbetrag aus, den Rest des Kapitals, das ihre Mutter für ihre Ausbildung angelegt hatte.

In ihrem kurzen Leben veröffentlichte Bessie Head sechs Romane und 25 Kurzgeschichten. Ein Großteil dieser Texte handelt von ihrem Leben in Botswana. Sehr früh erlangte sie als Schriftstellerin internationale Anerkennung. Ihr erster Roman *When Rain Clouds Gather* (1969) wurde von Kritikern in Amerika und England begeistert gefeiert. Das galt auch für *Maru*, ein Roman, der von vielen mehr geschätzt wurde als der erste. Die Reaktion auf das dritte Buch, *Die Farbe der Macht* (A Question of Power, 1974), fiel jedoch sehr unterschiedlich aus. Sowohl Kritiker als auch Leser waren verwirrt und versuchten, das Schicksal der gequälten Protagonistin Elizabeth zu verstehen: In Heads beeindruckendem Porträt erleidet sie einen Nervenzusammenbruch und steckt in einer direkten Auseinandersetzung mit Gut und Böse, mit Gott und dem Teufel. Heute sind sich die meisten Kritiker einig, daß *Die Farbe der Macht* ihr bestes Werk ist. Er wurde noch im Jahr seiner Veröffentlichung für den Booker-Preis nominiert und verkaufte sich überraschend gut. Dennoch brach für Bessie Head damals eine Zeit größter Ungewißheit und finanzieller Unsicherheit an. Nachdem sie drei eindeutig autobiographische Romane geschrieben hatte, wandte sie sich der Gemeinschaft zu, in der sie lebte.

Sie begann mit ihrem Serowe-Projekt, in dem sie im Stil eines Dokumentarberichtes das Dorf und seine Geschichte beschrieb. Das Buch entstand aus Interviews mit Menschen aller Altersgruppen und Berufsklassen, und als es fertig war, hatte sie dem größten Dorf in Afrika südlich der Sahara ein lebhaftes Andenken geschaffen. *Serowe: Village of the Rain Wind* erschien 1981. Zuvor waren die ersten Kurzgeschichten von Head publiziert worden: *Die Schatzsammlerin* (The Collector of Treasures, 1977). Sie selbst sagte oft, daß diese Kurzgeschichten aus dem Überfluß an Informationen entstanden waren, die sie durch die Interviews mit den Bewohnern von Serowe gesammelt hatte. Die Texte kreisen hauptsächlich um gewöhnliche, aber auch ungewöhnliche Frauen im Dorf und ihren Schwierigkeiten. 1984 wurde das letzte Buch veröffentlicht, das Head schreiben sollte. Es heißt *A Bewitched Crossroad* und zeigt klare Verbindungen zu den älteren Veröffentlichungen. Hier schilderte sie die Geschichte Afrikas aus der Perspektive der Schwarzen – und nicht der Weißen. In den Mittelpunkt stellte sie den Bamangwato-Stamm und dessen Führer, Khama III., der in Serowe lebte und dort begraben wurde, wie die meisten seiner Nachfolger, unter anderem Seretse Khama.

Die vorliegende Anthologie stellt die zweite Sammlung von Bessie Heads kürzeren Geschichten dar. Nach der gängigen Definition können sie nicht alle Kurzgeschichten genannt werden: Es gibt einige kurze, beschreibende Beobachtungen, manche sind fiktiv oder besser gesagt halb-fiktiv, andere historisch. Die meisten aber haben eines gemeinsam: Sie beruhen auf Tatsachen. Tatsächlich fiktiv ist nur »Der General«. Auch der Vorgang, der in »Chief Sekoto hält Gericht« beschrieben ist, ist wahrscheinlich aus dem Leben gegriffen, selbst wenn Head das Geschehen für ihre eigenen Zwecke änderte. Alle anderen Texte sind entweder eindeutig gebunden an persönliche, nationale oder historische Ereignisse oder damit in Verbindung zu bringen.

Das kurze einleitende Stück von 1962, mit dem die Anthologie beginnt, ist daher typisch für Bessie Heads Stil. Sie beobachtete, lächelte, verzieh oder wütete, und dann erzählte sie. Man könnte sie eine wahre Erzählerin nennen, Teil einer uralten afrikanischen Tradition, und sie selbst nannte ihre Kurzgeschichten am liebsten Erzählungen. Wie der vollständige Originaltitel der ersten Sammlung – *The Collector of Treasures and other Botswana Village Tales*

– verrät, betrachtete sie diese als *Botswana Village Tales*. Später arbeitete sie an Geschichten, die sie historische Erzählungen nannte, wie »Machtkampf«, »Das Zeitalter der Dunkelheit«, »Eine Liebesgeschichte« und »Sohn unserer Erde«.

Häufig beginnt Head mit einer alltäglichen Begebenheit und führt dann im Verlauf der Geschichte eine andere Ebene ein, die von allgemeingültiger Bedeutung ist, indem sie sich als Erzählerin mit humorvollen Bemerkungen oder ihrer eigenen Sichtweise einmischt. Oft fügt sie dem ursprünglichen Ereignis ein zärtliches Moment hinzu. Großzügigkeit beeindruckte sie, und sie reagierte spontan auf echte Güte, die ihrer Meinung nach tatsächlich existierte, besonders im Leben der gewöhnlichen Menschen. Dennoch erkannte sie mit sicherem Instinkt die Machtmenschen und nutzte jede Gelegenheit, auf sie hinzuweisen.

In einigen der historischen Erzählungen wird das deutlich. Über »Machtkampf« schrieb sie 1977:

»Die Geschichte spielt in der Zeit vor dem kolonialen Zeitalter. Abgrundtiefer Neid und Habgier umgaben die Position des Königs oder Führers, doch ich verdichtete das, bis ich zu der seltsamen, schönen Philosophie der Leute vorgedrungen war ... Ein guter Mensch hatte immer die schwächere Position und verfügte nicht über dieselbe Art von Macht wie der böse Mensch. Also wurde er getötet oder aus dem Stamm vertrieben. Dann ergriff das Volk die Initiative, und es entstanden Gruppen, die ihm folgten, so als würde er noch leben. Die Menschen kehrten dem Bösen den Rücken zu.« (BHP, Ordner 15, 23.6.1977)

Etwas früher im gleichen Jahr schrieb sie über »Das Zeitalter der Dunkelheit«: »Sie polemisiert die Tatsache, daß ein Regent nur existiert, weil es Menschen zu regieren gibt; folglich sind die Menschen von größerer Bedeutung als der Regent.« (BHP, Ordner 15, 23.1.1977) Dann beschreibt sie in allen Einzelheiten das Ereignis, von dem sie während der Recherche für ihren Roman über Khama III. erfuhr: Im südlichen Botswana war Chief Motswasele II. von seinem eigenen Stamm ermordet worden, weil er sich nicht an die Regeln gehalten hatte.

»Eine Liebesgeschichte« ist ebenfalls der Historie verpflichtet und Heads Version der einzigen Liebeslegende Botswanas, in der sich zwei junge Menschen von ihrer Leidenschaft mitreißen lassen und damit in ihrer Gemeinschaft ein Chaos verursachen. Nachdem sie aus ihrem Dorf verstoßen wurden, verschwanden sie, und die Gemeinschaft fürchtete, daß sich ein Hügel geöffnet und sie verschlungen hätte. Bis heute »verkörpert der Hügel übernatürliche Kräfte und kein Schwarzer betritt ihn ... die Liebesgeschichte zog mich so sehr in ihren Bann, daß ich keine Ruhe finden konnte, bis ich meine Geschichte geschrieben hatte. Logischerweise kann sich ein Hügel nicht öffnen und Menschen verschlucken, und so erzähle ich von dem, was geschah, bevor das Liebespaar auf so mysteriöse Weise verschwand«, schrieb Bessie Head 1977 über die Erzählung.

Bessie Head hatte einen Sinn für Zusammenhänge. Während sie an den Kurzgeschichten für *Die Schatzsammlerin* arbeitete, schrieb sie ihrem Verleger, daß die Reihenfolge der Geschichten äußerst wichtig sei. Da sie die Sammlung als Einheit betrachtete, sorgte sie dafür, daß jede Geschichte mit der folgenden in Verbindung stand. In der vorliegenden Anthologie konnte ein so enger Zusammenhang nicht hergestellt werden. Dennoch liegen der Anordnung einige Überlegungen zugrunde. Die Chronologie spielte selbstverständlich eine Rolle. So zählen die vier ersten, kurzen Stücke zu Bessie Heads älteren Erzählungen, die sie noch in Kapstadt verfaßt hatte. Später bemängelte sie selbst den Ton in »Orangen und Zitronen« – sie nannte ihn »ziemlich überheblich und schrill« –, bestätigte aber auch, daß sie tatsächliche Ereignisse »auf ihre einfache und beschämende Grundlage verdichtete: Wenn sich die Menschen hilflos fühlen, tun sie Unvorstellbares« (BHP, Ordner 75, 4.1.1974).

Als Bessie Head 1964 nach ihrer gescheiterten Ehe Südafrika mit ihrem kleinen Sohn verließ, erhielt sie einen sogenannten Ausreise-Paß und durfte nicht wieder zurückkehren. Sie arbeitete ein Jahr als Lehrerin in Serowe, gab ihre Stelle dann aber auf und lebte von 1965 bis 1968 mit anderen Flüchtlingen zusammen in Francistown. Später zog sie wieder nach Serowe und schrieb über diese Phase ihres Lebens:

»Verglichen mit dem, was ich hier habe, lebte ich in Francistown in einem Palast. Serowe ist ein riesiges Dorf mit 33000 Einwohnern, die alle in Lehmhütten wohnen. Ich zur Zeit auch; es ist ein kleines, rundes Zimmer, in dem ich kochen, essen und mich waschen muß. Es gibt keinen Platz, an dem ich meine Ordner, meine Notizen und mein Arbeitsmaterial hinlegen könnte, ohne daß sie sofort mit dicken Staubschichten bedeckt würden. Außerdem fühlen sich in dem Grasdach viele Insekten wie zu Hause und lassen ungerührt ihren Unrat im ganzen Zimmer fallen.« (BHP, Ordner 60, 18.6.1969)

Die folgenden sieben kurzen Stücke in *Orangen und Zitronen* stammen aus den ersten Jahren, die Head in Serowe verbrachte. Sie war extrem arm, lebte von der Unterstützung internationaler Flüchtlingsorganisationen und bewahrte sich dennoch ihren Sinn für Humor und eine Sensibilität für die Vielschichtigkeit des Lebens. Zweifellos löste sie sich von ihren schriftstellerischen Ambitionen, obwohl sie »Die Frau aus Amerika« dem *New Statesman* schickte, der sie 1966 veröffentlichte. Zwei Jahre später erschien dieselbe Geschichte in der amerikanischen Zeitschrift *Classic.* Der Lektor eines amerikanischen Verlags las die Erzählung zufällig, schrieb Bessie Head und bat um längere Texte. Als Head antwortete, daß sie sich kein Schreibmaterial leisten könne, schickte ihr der Lektor von Simon & Schuster 80 Dollar und spornte sie zum Schreiben an. Sie war gerade aufmerksam geworden auf eines der ersten ländlichen Entwicklungsprojekte in Serowe, das der damalige Führer der Bangwato, Tshekedi Khama, mit Hilfe eines englischen Landwirts kurz zuvor initiiert hatte: Die Idee für *When Rain Clouds Gather* entstand. »Chief Sekoto hält Gericht« stellt in der vorliegenden Anthologie einen abgeänderten Auszug aus diesem Roman dar.

Als nächstes folgen die historischen Erzählungen. Außer der Geschichte »Eigentum«, die ein wenig älter ist und bisher nicht veröffentlicht wurde, stammen sie alle aus den siebziger Jahren. Den historischen Schilderungen galt Bessie Heads neues Interesse in einer Zeit, in der sie sich entmutigt fühlte durch die Schwierigkeiten, die sie mit der Veröffentlichung von *Serowe: Village of the Rain Wind* und der anstrengenden Recherche für ihren Roman über Khama erlebte. Zudem hoffte sie sehr, ihre kürzeren Texte leichter verkaufen zu können, denn sie war arm. Sie arbeitete hart an den historischen Geschichten, beschwerte sich mal, daß sie wegen ihrer hohen Ansprüche nicht über die ersten Zeilen der einen Erzählung hinauskäme, dann wieder gestand sie, daß sie tagelang geweint hätte, weil sie mit einer anderen nicht so vorankäme, wie sie es sich wünschte. »Eine Liebesgeschichte« erschien ihr vielversprechend. Sie hielt sie für gelungen und rechnete damit, daß sie umgehend erscheinen würde. »Normalerweise weiß ich, wenn etwas gut geworden ist«, schrieb sie einer Freundin. Die Legende der Liebenden wurde jedoch für lange Zeit von einer Stelle zur nächsten gereicht und nicht veröffentlicht.

Die fünf letzten Texte hatten einen größeren Bezug zur Aktualität. Der Mangel an eigenen verwandtschaftlichen Beziehungen, die vielen Jahre der historischen Recherchen und ihr Leben auf dem Land in einem freien, afrikanischen Staat trugen offensichtlich ihren Teil dazu bei, daß sie sich nun auf »das Land« als Symbol für die Verwurzelung und die Identität des Menschen konzentrierte. In ländlichen Gemeinschaften sind das Land und ihre Identität für die Menschen ein und dasselbe. Entsprechend beeindruckend ist Heads Darstellung von den schwarzen Südafrikanern, die in »Sohn unserer Erde« ihre Identität verlieren. Sol T. Plaatjie, für den Head große Bewunderung empfand, war einer der »eleganten schwarzen Männer, die sich nach britischer Tradition bildeten« und ein Mitglied der Delegation des *Native National Congress*, der 1914 gegen das neue Landbesitzrecht protestierte. Die Anthologie enthält eine zweite Geschichte, die bisher wohl nicht veröffentlicht wurde: In »Der General« überzeugt Head durch den heruntergespielten Humor und ihre bestechenden Einsichten.

Neben den Kurzgeschichten aus *Die Schatzsammlerin* ist »Der Gefangene mit der Brille« wahrscheinlich eine der bekanntesten Erzählungen Bessie Heads. Seit das *London Magazine* diese 1973 zum erstenmal druckte, erschien sie in etwa drei Anthologien und wurde auf Dänisch, Niederländisch und Deutsch übersetzt. Auch hier verbürgt sich Bessie für die Authentizität der Geschichte. Ein junger politischer Flüchtling, den sie in Francistown kennenlernte, erzählte ihr, wie er und eine Gruppe von politischen Häftlingen in Südafrika einen Gefängniswärter zur Räson gebracht hatten. Sie leugnete nicht, daß sie die Handlung ausschmückte, indem sie ihr »eine gewisse Zärtlichkeit« hinzufügte, der Kern des Geschehens ist aber wahr.

Die vorletzte Geschichte dieser Sammlung liest sich wie ein Tribut. Bessie Head schrieb sie kurz nach dem Tod von Robert Sobukwe, dem sie später mit folgenden Worten dankte: »(Seine) Interpretation des Panafrikanismus brachte mich soweit, daß ich mit meiner schwarzen Haut leben und arbeiten konnte.« Sie gab zu, daß sie die Bewegung an sich weit weniger schätzte als seine Person, und nach seinem Tod machte sie sich Gedanken darüber, wie sich eine Machtposition auf ihn wohl ausgewirkt hätte. Mit »Wie das Christkind zu Weihnachten« huldigt sie Sobukwes Integrität und seine Führungsqualitäten; hier ist er der ideale politische Führer, so wie Khama III. es für sie war. Der knappe Erzählstil der Geschichte, die unterschwellige Entrüstung und der sorgfältig vorbereitete und bedeutsame Titel weisen darauf hin, daß der Text unter einer großen emotionalen Anspannung entstanden ist. Sie kannte die Tradition der Xhosa, die am Weihnachtsabend um Mitternacht schweigend auf das Christkind warteten, und sie wählte diesen Titel, weil sie wußte, daß Robert in der Xhosa-Tradition aufgewachsen war.

Bessie Head selbst sagte 1983, daß es »an politischen und religiösen Inhalten in meiner Arbeit nicht mangelt, nur habe ich sie nicht auf die übliche Weise behandelt« (BHP, Ordner 184, 9.11.1983). Die Erzählung »Wie das Christkind zu Weihnachten« und andere in *Orangen und Zitronen* bestätigen diese Aussage.

Ihre Individualität gab die Autorin nie auf. Auch wenn ihre Meinung zu Themen wie Rassismus und sexueller Unterdrückung eindeutig ist – und sie sich durch eigene, bitterste Erfahrungen mit beiden Problemen intensiv auseinandersetzen mußte –, verschrieb sie sich weder dem afrikanischen Nationalismus noch dem Feminismus völlig. In ihre Visionen waren Weiße und Schwarze, Männer und Frauen eingebunden. Was sie fürchtete, war der Mißbrauch von Macht, und sie strebte nach menschlicher Güte und Liebe. Den Glauben an die grundsätzliche Güte und Würde des einfachen Menschen verlor sie nie. Obwohl sie im Laufe der Jahre immer heftiger reagierte auf das Böse in ihrer Umgebung, auf den ständigen Mißbrauch von Macht auf lokaler, nationaler und internationaler Ebene, hielt sie mutig an ihren Idealen fest. Dadurch fühlte sie sich häufig isoliert. Das ruhige Dorfleben wirkte dann wie ein Zufluchtsort auf sie.

Als sie im April 1986 starb, hatte sie gerade mit ihrer Autobiographie begonnen. Leider hatte sie noch nicht genug geschrieben, als daß eine posthume Veröffentlichung möglich wäre. Sie hinterließ jedoch etwas anderes: eine umfassende Briefesammlung. Bessie fertigte von beinahe allen Briefen, die sie schrieb, Durchschläge an und hob beinahe alle Briefe, die sie erhielt, sorgfältig geordnet auf. Sie führte eine rege Korrespondenz mit Verlegern, Agenten, Literaturliebhabern und Freunden in aller Welt. Sie war eine lebhafte und mitreißende Briefeschreiberin, und eine Veröffentlichung dieser Korrespondenz wird zweifellos ihre schriftstellerischen Fähigkeiten unterstreichen. (Randolph Vigne veröffentlichte 1991 einen Teil von Bessies Briefen unter dem Titel *A Gesture of Belonging*; d. Übers.) Da sie in ihrem Werk auf höchst individuelle Weise die Wahrheiten schildert, die überall gültig sind, dürfte sie zu den bedeutendsten afrikanischen Schriftstellerinnen zählen. So mag diese Anthologie mit einigen Texten, die hier nicht nur erstmals in Buchform erscheinen, sondern auch die erste posthume Veröffentlichung ihres Werkes darstellen, ein würdiges Andenken an Bessie Head sein, ihre Position in der Literatur bestätigen und auf ihre eigene Weise den Leserinnen und Lesern Freude bereiten.

Gillian Stead Eilersen, 1989

Die *Bessie Head Papers* (BHP) befinden sich im Khama III Memorial Museum, Serowe, Botswana. Die hier zitierten Auszüge aus ihren Briefen stammen aus dieser Sammlung. Siehe: »The *Bessie Head Papers:* Some Preliminary Comments«, Gillian Stead Eilersen, Botswana Notes and Records, 1988, Postfach 71, Gaborone.

(1995 erschien Gillian Stead Eilersens sorgfältig recherchierte Bessie-Head-Biographie *Thunder Behind Her Ears*; d. Übers.)

Ich möchte eine Geschichte erzählen . . .

Ich weiß nicht, warum es so ist, doch wenn man jemandem vorgestellt wird, lautet die erste Frage immer: »Und was tun Sie beruflich?« Damit meine ich nicht, daß er oder sie die Frage einfach so stellt, ohne Umschweife. Sie reden erst ein bißchen darum herum, dann aber kommen sie zur Sache und entlocken dir eine Antwort. Wie gesagt, ich weiß nicht, warum sie wagen, eine derart persönliche Frage zu stellen – ich verhalte mich so, weil mir jeder Mensch, den ich kennenlerne, ein völliges Rätsel ist. Ich muß mir auf eine schnelle und oberflächliche Weise ein Bild von ihm machen, damit ich weiß, woran ich bin. Ich meine, ich benehme mich nicht gern wie ein Trottel, und manche Leute geben dir gleich das Gefühl, daß du dich wie ein Trottel benimmst. Ich erinnere mich da vor allem an einen hartgesottenen Rechtsanwalt, den ich früher einmal kannte. Ich bemühte mich ziemlich erfolglos, ihm eine heikle Sache zu erklären, für die man eigentlich nur ein bißchen Verständnis und menschliches Gefühl brauchte, und ich begriff nicht, warum er kein gutes Haar an mir ließ. Erst später verstand ich, daß dieser Mann in etwa so denkt: »Betrachten wir die Sache doch einmal juristisch.« Der arme Mann hatte sich völlig mit seinem Beruf identifiziert. Er war vollkommen einseitig. Sehr gefährliche Typen sind das, weil sie dein Ego in Fetzen zerreißen, ohne daß du merkst, wie dir geschieht, erst recht, wenn deine Feinde herumstehen und mitansehen, welch eine fürchterliche Niederlage du gerade einsteckst durch einen, der auf alles eine Antwort hat.

Ganz allgemein würde ich also sagen, daß sich der Mensch durch seine Charakterzüge zu bestimmten Berufsgruppen hingezogen fühlt. Die emsige, eifrige Frau wird Tippse und kann dann den ganzen Tag ihre Nase in die Angelegenheiten anderer Leute stecken. Der eher herzlos dominierende Typ mit der Einstellung »Mehr hast du nicht verdient« wird Sozialarbeiter. Der harte Typ mit sadistischen Tendenzen wird Gefängniswärter oder Polizist. Die unscheinbare, scheue, schwer schuftende Frau – Kellnerin, Verkäuferin oder Krankenschwester. Und so weiter.

Es tut mir leid, aber ich habe ziemlich lange gebraucht, um zu dem zu kommen, was ich eigentlich sagen will. Wenn mir jemand die besagte Frage stellte, also: »Was tun Sie beruflich?«, antwortete ich stets: »Oh, ich bin Schriftstellerin.« Was eigentlich eine Lüge ist, denn ich habe kaum etwas geschrieben, und da ich es ausprobiert habe, weiß ich, daß ich vom Schreiben bestimmt nicht leben kann. Arbeitende Menschen können von ihrer Arbeit leben. Ich werde wahrlich keine Schriftstellerin sein, solange ich in dem Geschäft nichts *verdiene.*

Wenn die anderen sagten: »Oh, wie interessant, und was haben Sie geschrieben?«, antwortete ich: »Nun . . . ich habe zwei unveröffentlichte Manuskripte. Das eine verschwand in der Post. Das andere verschwand zwischen Müll und Papierkram auf dem Schreibtisch eines Verlegers.« Selbstverständlich glaubte mir das keiner, obwohl ich merkwürdigerweise die Wahrheit sagte. Ich hatte nicht den Mut, mich zu verteidigen, denn ich wollte nicht, daß sie lesen, was ich geschrieben hatte. Das war ein wirres Durcheinander von halbgaren Ideen und eintönig bis zum Gehtnichtmehr. Immer wieder gab es den farbigen Mann hier, den Schwarzen dort und den Weißen an der nächsten Ecke. Immer wieder das bekannte, alte Muster. Ich versuchte, poetisch zu schreiben, doch nicht einmal das half mir weiter. Ich langweilte mich selbst zu Tode und nahm an, daß die anderen sich auch langweilen würden, also hielt ich recht bald meinen Mund und redete nicht mehr von dem, was ich geschrieben hatte. Wenn ich eines Tages doch schreiben sollte, würde ich einfach sagen wollen, daß *ein Mensch ein Mensch* ist, und nicht verdammt weiß, verdammt schwarz. Vielleicht, wenn ich eine gute Schriftstellerin wäre, könnte ich doch verdammt weiß, verdammt schwarz schreiben, und die Menschen dennoch *wahrhaftig* sein lassen. So wie sie sind. Ihr könntet sie lieben, nicht, weil sie schwarz oder weiß sind, sondern weil sie als menschliche Wesen wichtig sind.

Ich würde zum Beispiel gern die Geschichte von dem Mann erzählen, der als Hilfsarbeiter bei der Bahn arbeitet und in einem verfallenen, undichten Haus im District Six lebt. Eines Tages entschloß er sich, in seinem Jahresurlaub die kostenfreie Bahnfahrt zu nutzen, die ihm als Angestellter der Bahn zustand, und mit seiner Frau nach Durban zu fahren. Alle Nachbarn wußten davon, denn sie sind ein beliebtes und geselliges Paar, wie die meisten Menschen im District Six. Es gibt kaum so etwas wie ein Privatleben für die Leute im District Six. Die Nachbarn sorgen dafür, daß sie alles von dir wissen, und deine Sünden machen ihnen nichts aus. Und wenn es hart auf hart kommt, dann verteidigen sie dich, auch wenn du vor dem Gesetz schuldig bist. Verdächtig ist im District Six nur derjenige, der sein Gesicht nicht zeigt und seine Tür verschließt. Wir sind wirklich gute und muntere Nachbarn, die sich um die Angelegenheiten der anderen kümmern, so, wie es sich gehört. Wir können nichts dafür, weil wir mehr oder weniger übereinandergestapelt leben.

Nun, zurück zur Geschichte. Dieser Mann und seine Frau wurden von vielen Freunden begleitet, als sie sich auf den Weg zum Bahnhof und nach Durban machten. Tickets und Buchungen erledigt. Die Taschen vollgepackt mit Essen für unterwegs. So Sachen wie gebratenes Hähnchen, Fisch, Frikadellen, jede Menge belegte Brötchen und ein bißchen Alkohol. Die Frau, die sehr dick, beherzt, großzügig, laut, glücklich und sorglos war, stieg gleich in den Zug ein. Ihr Mann blieb mit seinen Freunden auf dem Bahnsteig stehen. Er war eher schlecht gelaunt, und der Ausdruck in seinem Gesicht schien zu sagen, daß er nicht genau wußte, was er von dieser Sache hielt. Er sieht immer so aus, wenn ihm irgend etwas nicht paßt. Als das erste Abfahrtssignal ertönte, schrie er mit angstvoller Stimme: »Ma, steig aus. Wir bleiben zu Hause.« Und das war's. Er brauchte es nicht zu erklären. Alle hatten es verstanden. Kapstadt zu verlassen und wie ein Trottel in einer fremden Stadt namens Durban herumzuspazieren, das wäre eine höchst verwerfliche und verräterische Tat. In Kapstadt war er zu Hause. Er wurde hier geboren. Er wird hier sterben. Außerdem würde ihn in Durban niemand verstehen. Er sprach eine ganz besondere Sprache. Sein ganz eigene. Er hatte ein ganz besonderes Gesicht, das in den anderen Gesichtern seiner Umgebung tröstlich widergespiegelt wurde. Diese Gesichter fluchen in genau derselben Tonlage wie er. Sie essen genau dasselbe Essen. Sie haben genau denselben Humor. Warum sollte er wie ein Trottel in eine Stadt namens Durban fahren? Kapstadt zu verlassen, das wäre wie Sterben. Das wäre die Zerstörung all dessen, was ihn als Mann ausmachte. Er war einfach nicht so anmaßend wie die amerikanischen Touristen, die sich hinstellten und Zulu-Tänzerinnen angafften.

Nun, da haben wir es. Ich würde gern die Geschichte von dem Mann und seiner Frau erzählen, die nicht mit dem Zug nach Durban fuhren, aber es gelingt mir nicht. Wenn ich nur daran denke, ein einziges Wort aufzuschreiben, gerate ich in Panik und sterbe innerlich. Vielleicht, weil ich bei den politischen Holzfällern, die aus dem Leben anderer Menschen Kapital schlagen, die Ohren zu sehr spitze. Vielleicht leide ich nur an Alpträumen. Egal, wie die vielschichtigen Störungen in mir aussehen, ich hoffe, sie recht bald geklärt zu haben, denn *ich muß einfach eine Geschichte erzählen.*

Orangen und Zitronen

Das Township lag etwa zwanzig Meilen von Johannesburg entfernt. Es war in der Form eines auseinandergebogenen Hufeisens angelegt. Das einzige, was in der gesamten Umgebung schön war, war die sanfte blaue Wölbung des Himmels, die von einem weiten Horizont bis zum anderen reichte. Ansonsten gab es nicht eine Blume, die in den engen, winzigen Räumen zwischen den zahllosen, völlig identischen Schachtelhäuschen blühte.

Jedesmal, wenn sich in der Stadt ein Banküberfall ereignet hatte, stimmten die Zeitungen ein Geschrei und Gezeter an über die Zustände im Township. Für gewöhnlich nannten sie das Township einen Ort »der Kriminalität und des Blutvergießens«. Sie veröffentlichten grausige Bilder von den für die Ewigkeit verstümmelten Einwohnern neben den scharfen Messern, spitz wie Dolche, die ihnen das Rückenmark durchtrennt hatten. Die Polizei, die im Township fast täglich Razzien durchführte, berichtete in etwa dasselbe. Doch nur die Menschen, die in dem Township lebten, waren sich seiner angsterregenden Gewalt und Brutalität bewußt. Und sie waren hilflos in den Fängen eines langen finsteren Alptraums ohne Ende. Wenige setzten sich dem Bösen zur Wehr, und diese wenigen wurden rasch ausgelöscht, vielleicht, weil sie vom Bösen nichts ahnten.

Die Lage hatte sich zugespitzt; keine Mutter konnte sich sicher sein, daß ihre Tochter nicht entweder eintausendmal vergewaltigt oder aber ermordet wurde, bevor sie achtzehn Jahre alt war, und Mord war ein fast alltägliches Geschehen. Und vielleicht gewöhnten sich die Mütter sogar daran. Begräbnisse hatten Prestigewert; die vielen Tränen und die Schwächeanfälle und die Sensationslust sorgten wochenlang für Gesprächsthemen, bis ein noch sensationelleres Ereignis dein eigenes in den Hintergrund drängte. Nur wenige Ereignisse schockierten oder bekümmerten die Einwohner des Township wirklich. Eines davon war die Ermordung von Old Ben. Das andere war der Untergang von Jimmy Motsisi, und es lag an der Art und Weise, wie sie diese zwei Geschichten erzählten und dabei tief seufzten, daß ein schwacher Hoffnungsschimmer in diesen bodenlosen Abgrund der Finsternis drang; daß die Menschen vielleicht eines Tages aufstehen und dieses Übel mit schierer Willenskraft für immer in die fürchterlich dunklen Höhlen der Erde verbannen würden.

Einige Leute sagen, die politischen Mißstände im Land seien die Ursache für diese Dinge und wenn das Unrecht erst einmal behoben sei, würde das Böse über Nacht verschwinden. Andere bezweifeln das. Sie sagen, daß des Menschen Taten sein Schicksal bestimmten, welches er früher oder später ernten würde.

Old Ben geriet nicht in Vergessenheit, weil sein Name und der Sonntagsbraten für viele Familien im Township ein und dasselbe geworden waren. Er arbeitete in einer Schlachterei in der Stadt und drehte jeden Samstagnachmittag seine Runden, um die Fleischbestellungen für das gute Sonntagmittagessen auszuliefern. Die Dinge liefen nicht immer glatt. Mal war dem Brotverdiener der Familie der Lohn gestohlen worden. Mal war er abgehauen. Mal war er tot. Das Fleisch aber wurde so oder so geliefert, auch wenn sich Old Bens Taschen durch diese Liebenswürdigkeiten leerten. Und es war ein bißchen mehr als das; er ging auf eine Weise in das noch so kleine Haus hinein, als wäre die Sonne über die Türschwelle getreten. Und er hatte ein sonderbares, unvergeßliches Lachen. Er hob dabei seine große rechte Hand in die Luft, warf seinen Kopf zurück und wieherte wie ein Pferd.

Früh an einem Sonntagmorgen wurde Old Ben flach auf dem Rücken liegend auf einer Straße gefunden, tot, in einer Lache Blut. Sein Fahrrad und ein paar Päckchen Fleisch waren neben ihn hingeworfen worden. Die Mörder fand man nie. Es gab nur einen schwachen Hinweis auf ihre Identität in Old Bens Gesicht. Er war lachend gestorben, und der Stich hatte ihn unter der rechten Achselhöhle getroffen, bis tief hinunter in die rechte Lunge, die zerfetzt war. Ein paar Jugendliche hatten Old Ben am vorigen Abend angesprochen, und er hatte nicht ahnen können, daß sie das Leben in ihrer Umgebung nachahmten, wo das Vernichten menschlichen Lebens so leicht und natürlich war wie das Atmen und daß sich diese Kinder gerade erst zu einer Bande zusammengeschlossen hatten und er ihr erstes Todesopfer war. Er hatte gelacht. Er kannte sie alle. Er dachte, sie wollten Pennys von ihm. Und sie hatten auch gelacht. Keiner würde je wissen, daß sie über Nacht zu Bestien geworden waren, um die Zukunft zu beherrschen und zu terrorisieren, reich zu werden, schicke Anzüge zu tragen und große Autos zu fahren, wie ihre Väter. Die Menschlichkeit war längst gestorben. Gangster waren in ihrer Umgebung die Helden des Tages, und sie waren die Kinder von Vergewaltigung und hemmungsloser Brutalität. Und die sprachlose Menge, die sich um Old Bens Leiche versammelte, ahnte es vielleicht – daß das Grauen in ihrer Mitte entfesselt war und sie alle verschlingen würde. Denn was hatte Old Ben anderes getan, als Zeit seines Lebens die Herzen der Menschen zu erwärmen; zumindest derjenigen, die noch ein Herz hatten.

Wie der junge Jimmy Motsisi. Die Leute nannten ihn den idealen Familienmenschen, und sein Anblick genügte, um ihnen das Herz zu erwärmen, weil es nicht mehr viele gute Männer gab. Sein offenes, ehrliches Gesicht machten ihn zu dem Typ Mensch, dem man kleine Geldsummen anvertrauen konnte, um ihn in der Stadt etwas einkaufen zu lassen. Die Gangster mochten und respektierten ihn, weil es keine Situation gab, in der er den Kopf oder den Humor verlor. Unter den Gangster war es Brauch, schwer arbeitenden Familienvätern am Freitagabend ihre Lohntüten abzunehmen, doch Jimmys Lohntüte übersahen sie immer. Schließlich, so argumentierten sie unlogischerweise, mußte er sechs Kinder versorgen. Ohne mit der Wimper zu zukken, bestahlen sie jedoch Männer, die zwölfköpfige Familien hatten. Der Grund für diese merkwürdige Logik der Gangster bestand darin, daß Jimmy ein beispielhafter Ehemann war. Er gab keinen Penny für Alkohol aus, und seine Ehefrau war die einzige Frau in seinem Leben.

Doch das war eine eher leichtfertige Einschätzung eines sehr komplizierten jungen Mannes. Ehrlichkeit und Güte waren bei ihm keine schwer erkämpften Tugenden, sondern ein angeborener Teil seines Persönlichkeitstyps. Diese Persönlichkeit paßte zu einem Buch voller Regeln, das ihm von seinen Eltern präsentiert worden war, doch aus irgendeinem Grund hatten diese vergessen, ihn darauf hinzuweisen, daß die Regeln entstehen, indem sie im Leben ausprobiert werden und entweder zutreffen oder nicht zutreffen, und daß der Mensch immer dem Einfluß seiner Umgebung ausgesetzt und seinen heimlich unterdrückten Leidenschaften ausgeliefert ist, und das alles, insbesondere die Regeln, dazu neigen, dir eines schönen Tages das Gesicht zu zerfetzen.

Merkwürdigerweise sagten die Leute im Township, daß Daphne Matsulaka nicht lange überleben würde, als sie gerade zugezogen war. Es war allen klar, daß sie ein leichtes Mädchen und eine erfahrene Gangsterbraut war, und es wimmelte nur so von knallharten, unerschrockenen Gangstern. Man ging davon aus, daß sie innerhalb einer Woche in dem Kampf, der um ihre Gunst entstand, vernichtet würde. Doch nichts dergleichen geschah. Sie festigte ihre Überlegenheit mit einem harten, herrischen und herablassenden Blick, und alle wichen vor ihm zurück. Zudem sah sie so reich wie zehn Teufel aus, trug immer aufsehenerregende, hautenge und teure Kostüme und schnieke Schuhe mit hohen Hacken. Sie hatte zwar ziemlich schmale Hüften, doch da sie diese, wenn sie ging, auf leicht übertriebene Weise hin und her wiegte, war das laute, unverkennbare »Klipp-klapp« ihrer hochhackigen Schuhe überall zu hören. Die Frauen im Township gaben ihr bald den Spitznamen »Königin von Saba« und kicherten hinter vorgehaltener Hand, wenn sie an ihnen vorbeiging. Und sie fürchteten sich. Die Männer starrten ihr nur mit einem faszinierten Gesichtsausdruck hinterher. Und auch sie fürchteten sich. Sie wußten, wie eine wandelnde Zeitbombe aussah, in welche Richtung sie aber explodieren würde, das wußte keiner. »Hot Sparks« Phalane hatte bereits öffentlich verkündet, daß er sie erschießen wollte, wenn sie sich für seinen Rivalen »Big Brain« Mazooki entscheiden sollte.

Die Lady ließ sich Zeit. Das Schachtelhäuschen, das sie tief im Süden des Hufeisens in der Nähe des Bahnhofs gemietet hatte, mußte verändert werden. Man benötigte ein Telefon, Teppiche, eine Stereoanlage, gedämpfte Beleuchtung und tausendundeine andere Kleinigkeiten. Als sie alles zu ihrer Zufriedenheit eingerichtet hatte, war sie bereit, ihr kleines Spiel zu treiben. Es war so ähnlich wie das Spiel der Kinder, die unter einem Paar hochgehaltener Arme durchlaufen und singen:

Orangen und Zitronen,
Schlagen die Glocken von Sankt Clemens,
Ich schulde dir einen Heller,
Wann gibst du ihn mir,
Wenn ich reich geworden bin ...
Da kommt der Henker und hackt dir den Kopf ab ...
Hick, hack. Hick, hack,
Der letzte Kopf ist ab!

Sie saß jeden Morgen in einem flauschigen, hellblauen Morgenmantel auf der Veranda und trieb dieses kleine Spiel mit den Augen. Alle Männer mußten an ihrem Haus vorbeigehen, um den Bahnhof in der Nähe zu erreichen. Das weckte ihr Interesse, denn die Männer in ihrer Welt hatten es nie eilig, einen Zug zu erreichen. Sie besaßen alle die neuesten Autos. Nun hatte sie das Gefühl, doch etwas zu verpassen in der Welt der gewöhnlichen, arbeitenden Männer, und sie beschloß, das zu erforschen.

Jeden Tag war Jimmy der letzte Mann, der zum Bahnhof eilte. Er war ihr aus mehreren Gründen aufgefallen. Unter den Männern war er derjenige, der am schlechtesten angezogen war. Er trug eine weite, altmodische Hose und einen karierten, altmodischen Mantel, der ihm zu groß war, und er schien sich seiner merkwürdigen Erscheinung nicht bewußt zu sein. Mehr noch, er schien sich seiner selbst völlig unbewußt zu sein. Manchmal ging er mit einer Hand in der Hosentasche und blickte besorgt auf den Boden. Manchmal starrte er vor sich hin und zog die Augenbrauen zu einem umgekehrten »V« zusammen. Was wunderte, verblüffte und beschäftigte ihn so sehr, daß er nicht einmal ihre erhabene Anwesenheit auf der Veranda bemerkte? Ihre erfahrenen Augen drangen bis zu dem Kern seines Wesens vor. Sie sah, wie er ging, die sichere, nach innen rollende Bewegung seiner Füße. Nur sinnliche Männer gingen so, und doch wies nichts in seinem Gesicht darauf hin, daß er sich seiner Sinnlichkeit bewußt war, und das fand sie aufregend.

Es war nicht schwierig, eine Frau zu finden, die seiner Frau Mary feindlich gesonnen war, und durch diese Frau fand sie alle wichtigen Details seines Familienlebens heraus. Die Ehefrau, Mary, war erschöpft und überanstrengt, nachdem sie in den sechs Jahren ihrer Ehe ein Kind nach dem anderen geboren hatte. Sie war oft schlecht gelaunt und fauchte ihre Kinder, ihre Nachbarn, ihren Ehemann an. Das jüngste, ein sechs Monate altes Baby, war ewig krank und schrie ununterbrochen Tag und Nacht. Doch das alles störte den Ehemann nicht. Er verbrachte jeden Abend einen Teil seiner Freizeit damit, das schwierige Baby zu trösten, zu füttern und zu versorgen, und dadurch half er Mary. Auch hatte sein ältester Sohn, der sechs Jahre alt war, vor kurzem mit der Schule begonnen, und es erfreute den Vater, seinem Sohn zuzuhören, wenn dieser die Schulaufgaben des Tages noch einmal vorlas. Dann, erst nachdem die Kinder zu Bett gebracht worden waren, wandte sich Jimmy seinen eigenen Interessen zu. Er las gern Zeitung, und das tat er ausführlich und mit größter Konzentration; er las sie von der ersten bis zur letzten Seite durch, sogar alle Geburtsanzeigen, Todesanzeigen und Kleinanzeigen. Häufig redete er über einen interessanten Artikel mit Mary, die ruhig in seiner Nähe saß und die Wäsche stopfte oder bügelte, und eigentlich, auch wenn keiner von beiden sich fragte, warum das so war, war das das Allerschönste; als hätten sie den ganzen Tag gelebt für diese ruhige, gedämpfte Unterhaltung über die Ereignisse der Welt, die sie eigentlich kaum betrafen. Jimmy arbeitete bei einer Druckerei in der Stadt, und sein Gehalt von acht Pfund in der Woche reichte oft nicht aus, um ein gutes Essen auf den Tisch zu stellen. Zum Abendessen gab es häufig nur Brot und Marmelade und Tee, doch der ruhige, friedliche Abschluß des Tages ließ sie auf merkwürdige Weise zufrieden und glücklich sein.

Die Lady wägte diese Informationen sehr sorgfältig ab. Sie hatte etwas verpaßt, und das konnte sie mit ihrem Stolz nicht vereinbaren. Zudem hatte sie der unscheinbaren, grauen Ehefrau offensichtlich etwas voraus, und sie erkannte sofort eine verhängnisvolle Schwäche in ihm. Am nächsten Morgen räusperte sie sich, als er vorüberging, und deswegen hielt Jimmy inne und starrte erstaunt. Zu viele Dinge fielen ihm gleichzeitig auf – die leuchtenden Blumen in den Töpfen, die sauber polierte Veranda und der zarte Schleier eines hellblauen Morgenmantels, über dem ein Paar große, schwarze Augen mit sorgsam getuschten Wimpern ihn musterten.

»Hal-lo«, sagte die Lady mit süß-sanfter Stimme. Und letztendlich war Jimmy wie alle anderen Männer der Welt und fühlte sich durch billigen Tand sofort angezogen und erregt.

»Ich ... äh ... ich hatte keine Ahnung, daß hier jemand lebt«, stotterte er.

»Das liegt daran, daß du immer auf dem Boden nach Pennys suchst, Süßer«, sagte sie und kicherte.

Der Zug fuhr ein, und er trat unruhig von einem Fuß auf den anderen, doch die kühnen, schwarzen Augen hypnotisierten ihn mit ihren schrecklichen Rätseln und Geheimnissen. Er mußte sich von dem Zauber losreißen, gerade als der Zug am Bahnhof zur Abfahrt pfiff.

Sie saß wieder dort auf der Veranda, als er auf dem Weg nach Hause war, diesmal in einem blendenden, pinkfarbenen Kostüm. Er stieß sich den Fuß an einem Stein und fühlte sich dumm und unsicher. Sie lächelte und sagte: »Komm doch rein und trink eine Tasse Tee.«

Er dachte nach.

»Nun, ich werde nicht lange bleiben. Ich muß nach Hause und Mary mit dem Baby helfen.«

Das Haus war nicht anders als die anderen Schachtelhäuser in der Gegend. Es bestand aus einem großen Zimmer, das als Küche und Eßzimmer diente, und zwei winzigen, engen Schlafzimmern. Doch er hatte sich in seinen wildesten Träumen eine solche Einrichtung nicht vorstellen können. Es sah aus wie in einem erlesenen Möbelgeschäft, die Teppiche, die Sofas, die zart gelb, rosa und blau angestrichenen Wände und das gedämpfte Licht. Ein feines Parfum bestimmte die Atmosphäre.

»Ich kann nicht lange bleiben«, sagte Jimmy während er sich nervös auf die Kante eines Sofas setzte.

»Ich verstehe«, sagte die Lady verständnisvoll. »Deine Frau macht dir Sorgen. Ist sie ein dominierender Typ?«

»Äh ... nein«, sagte er überrascht.

»Nun, dann sag ihr, du mußtest Überstunden machen«, sagte die Lady.

Sie stellte einen kleinen Tisch neben ihn, und in ein sehr kleines Glas schenkte sie eine sehr kleine Menge Alkohol ein und reichte es ihm. Ihre Bewegungen und Gesten wirkten alle irgendwie anziehend, weich und zärtlich. Verwirrt lehnte er sich zurück und machte es sich auf dem weichen Sofa bequem.

Der Alkohol stieg ihm direkt in den Kopf und lähmte seinen Verstand und seine Arme und seine Beine. Die Rückenschmerzen, die ihn seit Jahren quälten, ließen langsam nach, und der Lärm, der schrecklich laute, fürchterliche Lärm von den Waggons der dritten Klasse und dem schreienden Baby lösten sich in einer überwältigenden dunklen Stille auf. Er schloß seine Augen. Wie ein Blitz erschien vor ihm ein klares Bild von Mary, die mit dem schreienden Kind auf und ab ging. Er schob es verärgert von sich. Das alles bemerkte die Lady, und sie lächelte innerlich und kniete sich vor ihn hin und zog ihm sanft die Schuhe aus. Sie hatte eine Schüssel mit warmen Wasser neben sich stehen, in die sie einen Würfel aus süßduftendem Zeug warf. Sie hob seine Füße hoch und stellte sie in die Schüssel mit Wasser.

»Was ist das, was du ins Wasser geworfen hast?« fragte er unschuldig.

»Oh, eine Kleinigkeit, die der Apotheker für müde Füße empfiehlt«, antwortete sie leichthin.

»Wieviel kostet es?« fragte er.

Die Lady sah überrascht aus.

»Habt ihr so etwas nicht zu Hause?« sagte sie. »Deine Frau sollte es kaufen. Ein Würfel kostet nur einen Shilling.« Was eine Lüge war. Sie hatte zwanzig Shilling für den Würfel bezahlt, und entweder wegen der indirekten Stichelei gegen Mary oder weil er ahnte, daß es eine Lüge war, schlug seine Stimmung plötzlich um.

»Ich muß bald gehen«, sagte er, und es lag eine gewisse Kälte in seiner Stimme.

Und doch blieb er zum Essen. Und er blieb über Nacht. Es waren der Schreck und sein schlechtes Gewissen, die ihn dummerweise am nächsten Morgen früh nach Hause eilen ließen, bevor er zur Arbeit fuhr. Sein Kopf war derart durcheinander, daß er keine einleuchtende Ausrede fand, die erklärte, warum er am vergangenen Abend nicht nach Hause gekommen war. Er stand vor der Tür seines eigenen Heimes wie ein Ausgestoßener und Fremder. Das konnte nicht seine Ehefrau sein, diese Fremde mit den dunkel umrandeten Augen. Und sie sagte einfach nur: »Sag ihr, sie soll ihren Lippenstift nicht auf deine Wange schmieren.«

Und als er gegangen war, sagte sie leise zu sich selbst: »O Gott, hilf mir.«

Und Gott, wenn um Hilfe gebeten, hat eine ziemlich drastische Art, dem einzelnen beizustehen. Sein Erbarmen traf bei der schutzlosen Frau in der Form der Gangster ein, und das zwang Mary dazu, sich selbst und die Kinder innerhalb einer Woche aus dem Township zu retten.

Die Lady versprach, für die Scheidung aufgrund böswilligen Verlassens aufzukommen. Es war im gesamten Township bekannt, daß sie und Jimmy heiraten würden. Eine Zeitlang führte Jimmy ein neues himmlisches Leben aus Luxus und Komfort, doch nach ein paar Wochen mußte er leider Überstunden machen. Am ersten Tag kam er um zehn Uhr nach Hause und fand die Lady in einem häßlichen, donnernden Zorn vor. Er wurde erstaunt aus der Wolke von zärtlichen Küssen gezerrt, in der er gelebt hatte.

»Ich habe Überstunden gemacht«, sagte er wahrheitsgetreu.

Die Wahrheit hatten die Männer ihrer Welt ihr nie erzählt, und deswegen wurde sie nur wütender.

»Wahrscheinlich denkst du, ich sei Mary«, fauchte sie. »Ich erinnere dich nur daran, daß dieses Haus *mir* gehört.«

Jimmy verbrachte eine trostlose Nacht allein auf einem ihrer Sofas. Am nächsten Tag stand er vor einer Entscheidung: Entweder verlor er seinen Job, oder er mußte eine weitere Nacht auf dem Sofa verbringen. Er entschied sich, eine weitere Nacht auf dem Sofa zu verbringen.

Als er nach Hause kam, war das Haus völlig dunkel. Die Tür war verschlossen. Er klopfte. Niemand öffnete ihm. Im Haus nahm die Lady leise den Telefonhörer in die Hand.

»Polizei«, flüsterte sie eindringlich. »Vor meiner Tür steht ein Einbrecher. Kommen Sie schnell. Oh, Hilfe! Hilfe! Mein Leben ist in Gefahr!«

Jimmy schritt auf der Veranda auf und ab und begriff nicht, was geschehen war. Dann stolperte er im Dunklen beinahe über ein Bündel. Er zündete ein Streichholz an und bückte sich. Es waren seine Sachen. Die Welt überschlug sich in jenem kurzen Moment, doch sie hob sich bedenklich aus den Fugen, als dann mit quietschenden Bremsen vor dem Gartentor ein Streifenwagen hielt, in den er ohne ein weiteres Wort hineingeworfen wurde. Er erinnerte sich eigentlich nie genau an die Nacht in der Zelle und das kurze

Verhör vor Gericht am nächsten Morgen, in dem er sich schuldig bekannte und eine Strafe von zehn Pfund zahlte, weil er Privatbesitz übertreten hatte. Unstimmige Töne würden in seinem Kopf ewig nachhallen. Einer war das Klipp-klapp. Klipp-klapp. Klipp-klapp. Das eindeutig entrüstete Klipp und Klapp, das die hochhackigen Schuhe der Lady von sich gaben, als sie zum Zeugenstand ging.

Und es lief etwas schief in einem normalerweise ruhigen Zentrum seines Körpers, dicht am Herzen. Es war, als berste ein riesiges Abflußrohr, an genau dieser Stelle. Ein wirbelndes Durcheinander von Geräuschen entstand, das alles andere übertönte. Es war sehr schmerzhaft. Es brachte seinen Lebensmechanismus aus dem Takt. Manchmal bildete er sich deswegen ein, er sei unvorstellbar hungrig, und dann aß er alles, was er fand. Manchmal konnte er tagelang kein Essen anrühren. Den Schmerz zu ertragen und zu beherrschen nahm jede Stunde seines Lebens in Anspruch, doch der Schmerz war nicht zu beherrschen und nicht zu ertragen und so gierig, daß er mit seinem Getöse Jimmys ganze Aufmerksamkeit in sich aufsog. Branntwein allein linderte ihn. Branntwein allein erlöste ihn aus dem endlosen Alptraum, und er trank Flasche um Flasche davon aus, bevor er starb. Er würde nie wissen, daß ein paar liebe Freunde sich bemühten, ihn in jenem letzten qualvollen Monat am Leben zu halten. Er sah ihre entsetzten, vom Mitleid gezeichneten Gesichter nicht, wenn er mit einer imaginären Zeitung in der Hand über die Nachrichten des Tages sprach, so, wie er es früher getan hatte, mit Mary.

Die Lady aber, Daphne Matsulaka, überlebte recht gut. Sie tat sich mit »Big Brain« Mazooki zusammen, nachdem er seinen Rivalen »Hot Sparks« Phalane erschossen hatte.

Snowball

Es ist Herbst in Kapstadt. Jeden Tag ist der Sonnenuntergang anders, hat ein anderes Thema, doch die Grundstimmung bleibt immer die gleiche. Immer beherrscht die starre, kalte Herbstluft den Geruch der Erde mit ihrer nostalgischen Süße, die keiner anderen Jahreszeit gleicht. Scharf und klar mischt sich der Geruch in den gelb-goldenen Himmel, der unbemerkt erst eine zart-lila und dann eine kräftig leuchtende, orange-rote Farbe annimmt, die pulsiert und pulsiert. Zwei Kinder gehen vorüber, barfuß und in Gedanken versunken, mit komischen, rot angemalten Sonnenuntergangsgesichtern. Plötzlich erscheinen die scharfen schwarzen Silhouetten der Dächer klar am glühenden Himmel.

Es ist merkwürdig, wie angenehme oder unangenehme Erinnerungen durch eine Situation oder den Anblick einer Straße geweckt werden. Es ist auch merkwürdig, wie sehr das menschliche Leben einem Bahnhof gleicht. Es gehen ständig Leute ein und aus, und doch sind so wenige von Bedeutung für das einzelne Schicksal. Wenn der Sonnenuntergang mich an Snowball erinnert, dann liegt es daran, daß ich in der Zeit, in der ich ihn kannte, ein starkes Bedürfnis empfand, ihn zu beschützen. Er war zu passiv und friedlich gesinnt, und das Leben versetzte ihm immer wieder fürchterliche Schläge. Er nahm einfach jeden Schlag hin, ohne eine Frage und ohne Rachegedanken. Ich schätze, daß er nur dann Frieden fand, wenn er mit seinem kleinen

Boot auf dem Meer war. Ich schätze auch, daß er ein Mann war, der den Sonnenuntergang wahrnahm.

Kapstädter haben eine witzige Art und Weise, sich merkwürdige Spitznamen für die Leute auszudenken. Meist ergaben diese Spitznamen aber einen Sinn. So könnten sie jemanden, dem alle Finger an einer Hand fehlten, »Fünf« nennen, und es würde ihm überhaupt nichts ausmachen, weil sie es auf eine Weise sagten, die seiner Behinderung zärtliche Aufmerksamkeit schenkte; mehr noch, es verschaffte ihm ein gewisses Prestige in der Nachbarschaft. Der Spitzname »Snowball« aber ergab für mich keinen Sinn, denn Snowball war ein Mann, der, bis auf seine sauberen, weißen Zähne, von Kopf bis Fuß schwarz war. Ich muß gestehen, daß es in Kapstadt viele Dinge gibt, die ich nicht verstehe! Merkwürdigerweise machte es Snowball nichts aus, Snowball genannt zu werden, auch wenn ich an seiner Stelle alles getan hätte, um einen anderen Spitznamen zu bekommen. Ich wäre rot vor Wut geworden, wenn man mich Snowball genannt hätte.

Ich lernte Snowball kennen, als wir damals in ein überfülltes Vier-Zimmer-Haus im District Six zogen. Angesichts der herrschenden Wohnungssituation waren mein Mann und ich überglücklich, ein sauberes, großes Zimmer mit Bad für uns gefunden zu haben, und deswegen waren wir bereit, das gefährliche und unergründliche Verhalten unseres Vermieters und unserer Vermieterin zu ertragen. Unser Vermieter, der ständig mit körperlichen Gewaltangriffen drohte, wurde tatkräftig unterstützt von der Vermieterin, die abwechselnd von einem Anfall wilder Großzügigkeit oder wilder Wut gepackt wurde. In dieser stürmischen

Atmosphäre wußte man nie, woran man war. Ich selbst ordne mich normalerweise nicht leicht unter. Ich hasse es, von jemandem abhängig zu sein, der Unmögliches verlangt. Doch das Leben sorgt dafür, daß wir uns immer wieder in Bescheidenheit üben, und wenn meine Vermieterin sagte: »Mach das Licht aus«, dann schaltete ich es aus. Wenn sie keine fünf Minuten später sagte: »Mach das Licht an«, dann schaltete ich es an. Dahinter aber brodelte und brodelte die Rebellin, und es kam oft zu lautstarken Explosionen; drohende körperliche Gewalt, jede Menge leeres Gerede und eine spannungsgeladene Atmosphäre, die dann ebenso plötzlich wieder entschärft wurde durch einen Ausbruch wilder Großzügigkeit bei meiner Vermieterin. Ich muß immer über meinen eigenen Schatten springen, wenn mir ein Gegner seine Hand in Frieden reicht. Ich bin nicht sehr geübt in Sachen Versöhnung.

Mit meinem Mann kam es nie zu einem disharmonischen Ton. Er ist von Natur aus taktvoll und erfahren im Umgang mit anderen Menschen. Sie liebten ihn. Alles in allem waren wir, die Mieter, eher zurückhaltend; Snowball war wahrscheinlich der zurückhaltendste. Ich meine, wir feierten zwar alle ab und zu eine Party, tranken ein bißchen und ließen uns mehr oder weniger gehen. Snowball aber hatte allen weltlichen Vergnügungen entsagt. Er hatte den christlichen Glauben angenommen, und man konnte ihn jeden Abend still in einer dunklen Ecke sitzen sehen, mit der Bibel vor der Nase. Doch es war zwecklos. Es führte nur dazu, daß alle, und insbesondere meine Vermieterin, ihn schreiend daran erinnerten, daß er früher einmal ein professioneller Dieb gewesen war und daß die vielen Verletzungen und Narben in seinem Gesicht die Folgen der achtjährigen Gefängnisstrafe waren, die er abgesessen hatte. Für sie war Snowballs Religion eine Maske. Ein Dieb bleibt ein Dieb. Er mußte einen sehr starken Charakter gehabt haben, um trotz dieser Provokationen seiner Religion treu geblieben zu sein.

Ich muß Snowballs Religion ein wenig erläutern. Er besaß einen sehr offenen und toleranten Geist, in dem die Wissenschaft und die Spiritualität und viele andere, widersprüchliche Gedanken in einem chaotischen Einvernehmen existierten. Ich habe eine immense Achtung vor einer solchen Toleranz. Aus ihrem Reden entnehme ich, daß sich viele Christen strikt auf die Lektüre der Bibel beschränken. Darwin ist nichts für sie, weil er der Geschichte von Adam und Eva widerspricht. Aldous Huxley ist ganz bestimmt nichts für sie, weil er einmal so kühn war zu behaupten, Gott sei überflüssig. Nun, bevor sich eine Gelegenheit ergab, mit Snowball über seine Religion zu sprechen, warf ich einen Blick in sein Zimmer und entdeckte Aldous Huxley mit seiner »ewigen Philosophie« zwischen vielerlei Broschüren, Heftchen und anderen Wegen der Wahrheit. Es ist bestimmt gut, jede Menge Widerspruch in die Religion einzubringen. Das glaube ich.

Die erste Frage, die Snowball mir stellte, als wir schließlich miteinander sprachen, war, ob ich eine Seele mit einem Körper oder ein Körper mit einer Seele sei. Da ich viele Freunde habe, die Christen geworden waren, kannte ich selbstverständlich die Antwort darauf, und so sagte ich prompt: »Ich bin eine Seele mit einem Körper.«

Das Lächeln voll intensiver Freude, das sich in seinem Gesicht ausbreitete, überraschte mich. Ich fühlte mich wie eine Betrügerin, denn wahrscheinlich hatten er und meine Freunde viele quälende Stunden lang darüber nachgedacht, bis sie eine mehr oder weniger zufriedenstellende Antwort gefunden hatten. Die Frage beschäftigt mich so oder so nicht, doch damals mußte ich erfahren, daß meine leichtfertige und zynische Einstellung zur Religion keinen Zweck hat. Wahrscheinlich konnte mich nur ein Mann wie Snowball dazu bringen, mich diesbezüglich in Bescheidenheit zu üben. Erstens, weil er ein grundehrlicher und guter Mensch war. Das ist etwas, was nicht vorgetäuscht werden kann ... Güte. Zweitens hatte er einen neugierigen Verstand, dem es unmöglich war, einen dogmatischen Standpunkt zu vertreten. Widerspruch oder scheinbarer Widerspruch könnte ein anderer Name für Wahrheit sein. An jenem Abend sprachen Snowball und ich über viele Dinge, die in der Bibel nicht einmal erwähnt werden.

Ich wäre gern eine starke Verbündete gewesen, hätte Snowball gern verteidigt und beschützt gegen die vielen harten Schläge, die ihn am Kopf trafen. Eine unmögliche Aufgabe! Einmal versuchte ich es. Ich hörte, wie unsere Vermieterin ihn einen dreckigen Mann schimpfte. Es war undenkbar, daß er einer war, denn er war der einzige Mieter im Haus, der jeden Abend badete. Das sagte ich ihr, doch sie sah mich nur verblüfft an und überhörte mich. Ich versuchte es nie wieder. Nach und nach gewöhnte man sich daran, mitanzuhören, wenn Snowball wieder einmal aus diesem oder jenem Grund beschimpft wurde. Seine Langusten beispielsweise lagen stundenlang wie tot da, standen dann aber plötzlich auf und spazierten durch das Haus. Er konnte seine Miete kaum zahlen, denn jeden Tag griff sich ein wohlhabender Cousin, unter dem Vorwand, sein Boot bezahlt zu haben, Dreiviertel von dem Gewinn ab, den Snowball mit seinen Fischen erworben hatte. Das und ähnliches passierte Snowball ständig.

Eines Tages, während eines überraschenden, heftigen Sommersturms, kenterte sein Boot, und ich habe immer noch keine Erklärung gefunden für die Leute, die in meinem Leben ein und aus gehen.

Trauerkost

Ich esse jetzt nur noch Trauerkost. Das ist meine Art zu sagen, daß die Typen, die nun an der Ziellinie stehen, mir nicht zuhören. Stellen Sie sich das vor. Als diese Typen, die jetzt die Peitsche sind, noch von ihren Stammesgroßmüttern genährt wurden, lebte ich in New York, ließ mich ausbilden. Und damit meine ich nicht die Schule. Ha! Ha! Ich kehrte hierher zurück und erweckte dieses stinkende Hiobsland voller Rinder für die Politik. Jetzt sagen diese Typen: »Boshwa, du bist das hochtourige Auto mit der abgelaufenen Batterie!«

»Sicherlich, sicherlich«, sage ich. »Doch man kann mich immer noch kaufen. Wir sind Blutsbrüder, treiben dasselbe dreckige Spiel – wer wird am schnellsten reich. Ja. Seid ihr mir also einen Schritt voraus. Hab ich halt den Verlierer unterstützt. Ich hätt wissen müssen, daß in diesem verfluchten Kaff eines Stammesgebiets noch nie jemand vom Panafrikanismus gehört hat. Jetzt habt ihr das beste Stück gewählt, küßt den Stammesthron. Okay. Ich schätze, ich geh meinen Weg. Her mit dem Stimmvieh. Ich bin im klaren Bereich. Die kolonialen Schweine können mir kein rotes Schild umhängen. Die Kolonialisten machen aus einem roten einen toten Hund. Und Boshwa hat nicht vor, so ein toter Hund zu sein! Er lebt für den nächsten Tag!«

Ja. So weit bin ich gesunken – bettele um Trauerkost. Die Typen da oben werfen mich raus. Sie schätzen, sie können ihren Weg nicht mit einem Typen wie mir gehen. Von den kolonialen Schweinen habe ich gute Nahrung gekriegt. Für ihre Art des Spiels bin ich kein dreckiger Roter. Sie sagen: »Dieser Boshwa! Der ist schlau. Der hat einen guten Sinn für Humor!«

Und dieser ganze Scheiß ist dazu da, ihr Spiel zu vertuschen. Wer hat hier das gottverdammte Sagen – die Schwarzen oder die Weißen? Ich sage Euch, es ist nicht klar. Ich schätze, ich bin ein Schwarzer, und ich schätze, die Typen da oben sind schwarz. Man wird ziemlich bitter in diesen kritischen Zeiten der Geschichte Afrikas. Die Typen da oben halten Distanz zu mir. Ich bin ihnen fürchterlich peinlich. Manche Typen wollen alles im Dunklen machen. Mir gefällt das helle Tageslicht. Ich brauche nichts zu verstekken. Eine Prostituierte ist für mich eine Prostituierte, und ich zahle für die mir geleisteten Dienste. Andere Typen zahlen nicht. Sie erfinden ellenlange Geschichten – nur um gratis zu vögeln.

Wenn ich mir eine Frau nehme, sage ich: »Hier ist dein Fünfer. Afrika ist nichts als eine große, leicht zu habende Penis-Frau. Danke fürs Vögeln.«

Versteht ihr – die Sache zwischen den Typen da oben und mir ist also eine rein persönliche Angelegenheit. Sie wissen nicht, was sie mit einem ehrlichen Typen anfangen sollen. Ich sage nicht, daß ich ein Gewissen habe. Ich sage nur, daß ich ehrlich bin. Es gibt einen verflucht großen Abstand zwischen einem Gewissen und Ehrlichkeit. Scheiße, ich könnte bei diesem Thema ziemlich philosophisch werden. Ich schätze, ich bin ein Teil des Schlamassels, in dem Afrika heute steckt. Kein Boden unter den Füßen. Hügel abwärts rutschen. Saufen, saufen, saufen. Frauen, Frauen, Frauen. Man füllt sich sozusagen ab, bis man umfallen kann. Hier sind die zwei Seiten dieser Geschichte. Wenn Sie ein Stammestyp sind, kann Ihnen verflucht wenig passieren. Wenn Sie ein Typ sind, der herumgekommen ist, trifft dieser verfluchte Stamm Sie wie ein Mythos. Steinzeitgeschichten. Der erste Typ fühlt sich so sicher, er könnte sich darauf setzen. Was kann der andere Typ machen? Nehmen wir einen Typen wie mich, zum Beispiel. Wenn ich mich besaufe, ist das eine Notwendigkeit. Streß. Dem Zusammenbruch nahe. Nehmen wir einen Stammestypen. Wenn er sich besäuft, ist das seine Aufwärmübung am Nachmittag! Bewegung? Das ist eine Sache, die er nicht begreifen kann in diesen kritischen Zeiten der Geschichte Afrikas. Geben Sie ihm seinen Lutscher, seine Frau und seinen Suff, und er ist ein wohlgenährter Typ ohne Beschwerden. Die kleinärschigen Weißen werden im südlichen Afrika sitzen bleiben, bis entweder Gott oder die Roten die Vorstellung beenden!

Hochtouriges Auto. Ha! Ha! Ich bin kein hochtouriges Auto. Ich bin das Zündschloß, der Schlüssel. Ein Typ, der den Alltagstrott nicht ausstehen kann. Ja. Ich bin der Typ, der weiterkommt. Was ich anfasse, wird zu Gold. Wird steinhart. Mich hat jedes verfluchte Schwein hier mit einem Kopfnicken begrüßt. Ich war berühmt. Ich war stark. Doch in mir wird alles verdammt steinhart. Wißt Ihr, was Feuer vom Himmel ist? Vielleicht wißt Ihr es nicht. Man muß es selbst erleben, um es zu glauben. Früher war ich mit dem alten Mann da oben befreundet. Früher war ich Laienprediger. Früher sagten die Leute, ich könne den alten Mann von da oben runterholen und ihm sagen, was zu tun sei. Dann fing der alte Mann an, mich zu plagen: »Entweder ich oder die Frauen und der Suff.«

Ich sagte: »Nichts zu machen. Die Frauen und der Suff.«

Früher hatte ich ein gutes Händchen für Frauen, aber das ist auch steinhart geworden. Was erwartet ein Typ wie ich, nach New York? Nachdem er sich in Harlem herumgetrieben und echte Frauenbeine in hochhackigen Schuhen gesehen hat? Nehmen wir die Stammesfrau. Kleid, das ihr bis fast an die Füße reicht. Kopftuch, das ihr Gesicht bis zu den Augen verdeckt. Verdammt! Mir gefallen die hübschen Frauen, die angemalten. Knallgelbes, grünes, rotes, pinkfarbenes Kleid, das die Knie herzeigt. Wenn eine Frau so etwas hier tut, ist sie ein spottschlechtes Flittchen. Sie sind die Frauen für zwischendurch, bis unsere Frauen endlich mithalten können mit diesen kritischen Zeiten der Entwicklung Afrikas.

Nachdem ich mich von dem alten Mann weiter oben getrennt habe, versuchte ich es mit Politik. Was mir an der Politik gefällt ist, daß sie ein so dreckiges Spiel ist, jedes Schwein kann mitspielen. Ich habe die nötige Ausdauer für das Spiel. Sicherlich, ich habe den Verlierer unterstützt, aber ich kann immer noch eine gute Opposition sein. Ich bleib also am Ball.

Man weiß es. In Afrika weiß man immer, was auf einen zukommt. Fragt die alten Männer. Sie sind die Sprecher der Nation. Da war so ein ernster, gewissenhafter alter Stammesgeist. Er tauchte bei allen öffentlichen Versammlungen auf, bei denen ich eine Rede hielt – saß da und hörte zu. Dann erhob er sich eines Tages mit seinen knarrenden alten Knochen und hob die Hand – gebieterisch. Als ich diesen alten Scheißkerl so stehen sah, wußte ich, daß der Tag des Jüngsten Gerichts angebrochen war. Egal, was er sagte, er würde alles ins rechte Licht rücken in seinem Dorf, im Dorf seines dritten Onkels, und so fort.

Ich ignorierte den alten Scheißkerl einfach.

Ich sagte: »Vasco da Gama behauptete, das Kap der Guten Hoffnung entdeckt zu haben, doch als er dort eintraf, war der schwarze Mann bereits da. Ha! Ha!«

Das bringt sie immer zum Lachen, auch wenn ich es schon eintausend verfluchte Male gesagt habe. Der alte Scheißkerl stand demonstrativ da, und der Felsen der Jahrhunderte lachte nicht. Die Leute drehten sich um und sahen diesen Felsen fragend an.

Sie sagten: »Setz dich hin, alter Mann. Jetzt ist keine Zeit für Fragen.«

Doch der alte Scheißkerl rührte sich nicht. Nun, ich bin ein demokratischer Typ. New York sei gedankt. Ich bin ein demokratischer Typ – immer schön locker geblieben. Ich bin ein kosmopolitischer Typ – immer schön locker geblieben. Der alte Schweinehund hätte das nicht bei einem Stammestypen gewagt, mich aber konnte er nicht leiden. Nun ja, ich habe nichts gegen Theater.

Also sagte ich: »Was ist los, alter Vater?«

Er sagte: »Ich möchte dir einen Vorschlag machen.« (Verfluchte Scheiße!)

Ich sagte: »Laß hören, alter Vater.«

Er erhob eine Stimme, die den Teufel erschüttern läßt. Mein Vater machte das früher immer, bevor er mich schlug. Das ist ein uralter Trick in Afrika.

Er sagte: »Sir, bei allem Respekt, wir verstehen nicht, warum wir dich wählen sollten.«

Ich sagte: »Ha! Ha! Erklär uns das, alter Vater.«

Der alte Scheißkerl hob die Hand – noch so'n alter Trick in Afrika, vor dem der Teufel erschrickt.

Er sagte: »Warum sollen wir dich wählen. Ich würde dir keine fünf Pfund von meinem Geld anvertrauen, um sie auf die Bank zu bringen. Warum sollen wir dir unsere Wahlstimmen anvertrauen.«

»Ha! Ha!« Ich habe es mir so angewöhnt. Das Leben ist ein verfluchter Witz.

»Dein Lachen ist unangebracht«, sagte er streng. »Meine Verwandten aus Mabelapudi haben im letzten Jahr zwanzig Pfund gespendet, als du ihnen sehr besorgt erzähltest, deine Frau müßte wegen Kinderlähmung operiert werden. Kurz darauf sahen wir deine Frau ziemlich munter und sehr gesund umhergehen. Kurz darauf sahen wir, daß du ein neues Auto hast. Schwöre mir, daß das nicht wahr ist!«

Der verfluchte alte Heuchler! Betrug ist schon von unseren Vorfahren gutgeheißen worden, man muß nur so tun, als sei er verdeckt und im Dunklen geschehen. Man muß es nur so angehen wie die Chiefs. Du willst all die Rinder und die Autos und die Frauen für dich haben. Du willst fett werden, aber du mußt die Armen im verdeckten Stil betrügen. Wie gesagt, ich bin ein ehrlicher Typ. Ich finde offensichtlichen Betrug gut. Nun ja, ich wußte, daß ich unten durch war; der einzige verfluchte Vertreter des Panafrikanismus in diesen kritischen Zeiten in unserem verfluchten Hiobsland.

Aber schließlich muß der Mensch seine Würde bewahren. Ich meine, man muß irgend etwas bewahren, erst recht, wenn alle peinlich berührt schweigen. Ein paar von ihnen mögen mich. Ich bringe sie zum Lachen. Und es ist sowieso besser, wenn die Welt in einem gottverdammten Schlamassel steckt.

Also sagte ich: »Würdevoller alter Vater, das hier ist eine politische Veranstaltung – kein Dorfgericht. Du darfst dein Urteil dort verkünden.«

»Kibone«, sagte er. Was mit anderen Worten heißt: Wir haben dich durchschaut.

Die Leute halfen mir, wie in guten alten Zeiten. Sie sagten: »Setz dich hin! Setz dich hin! Hörst du nicht, was er sagt. Das hier ist eine politische Veranstaltung. Du verstehst nichts von Politik!«

Sie reiben es einem gern unter die Nase – wollen ganz sicher sein, daß du es gehört hast, die alten Schweinehunde.

»Lefirefire«, sagte er. Was soviel heißt wie Betrüger, Dieb.

Die Leute sagten: »Setz dich hin! Ein bißchen Respekt! Der Mann ist unser Politiker. So spricht man nicht mit seinem Politiker!« Und während sie durcheinanderschrien, setzten sich die alten knarrenden Knochen hin.

Er wird es nie vergessen. Er kräht irgendwo. Höchstwahrscheinlich glaubt er, er hätte die cleverste Aussage des Jahrhunderts von sich gegeben. Seine verdammten Onkel, Cousins und vierten Großmütter glauben das wahrscheinlich auch. Doch sie übersehen die Feinheiten. Sein oder nicht sein – ein offensichtlicher Betrüger oder ein verdeckter Betrüger? Es gibt immer mehr Leute, denen der offensichtliche Betrug gefällt. Außerdem benötigen wir eine verflucht starke Revolution, um die Politik zu einem sauberen Spiel zu machen. Solange der alte Mann da oben die Revolution in die Wege leitet, werde ich in der Politik am Ball bleiben, als der einzige Vertreter des Panafrikanismus in diesen kritischen Zeiten der Entwicklung Afrikas. Ha! Ha!

Chibuku-Bier und die Unabhängigkeit

Es ging das Gerücht, daß Rhodesien für die Unabhängigkeitsfeier mehrere Tanks voll gratis Chibuku-Bier geschickt hatte. Einmal wieder Chibuku-Bier trinken zu können – das war fast dasselbe wie eine Nachricht von daheim für sechs junge Studenten und Flüchtlinge in Francistown. Während der Unruhen und Verhaftungen, die die UDI begleiteten, waren sie von der Universität aus geflohen. Sie hatten es eilig, zur Festveranstaltung zu gelangen, und ich ging auch hin, mit meinem Wassereimer. Den ganzen Nachmittag lief er ständig von Chibuku-Bier über. Wir bildeten einen engen Kreis in einer Scheune und waren so gemein wie irgend möglich zu den Fremden, die einen Becher Bier abhaben wollten. Alle hatten einen hübschen, pinkfarbenen Wegwerfbecher bekommen, und am Biertank herrschte das Gesetz des Dschungels: Die Stärkeren verdrängten die Schwächeren. Wir waren stolz darauf, daß wir so ruhig und friedlich tranken.

Nur ein zerlumpter Haufen armer Leute wanderte ziellos und unsicher umher.

»Und das nennen sie Unabhängigkeit«, sagte einer der Studenten verächtlich. »Wo bleibt die Aufregung? Wo bleibt das Fieber?«

Es wurden noch viele andere herablassende Bemerkungen gemacht.

»Ihr hättet um Mitternacht hier sein sollen«, sagte einer. »Die britische Fahne wurde in tödlicher Stille heruntergelassen. Nur eine Stimme rief ›Hurra‹, und alle anderen drehten sich um und starrten diesen Mann entsetzt an. Ich selbst war so wütend, daß ich rief: ›Verbrennt sie.‹ Könnt ihr euch vorstellen, wie verwundert ich war? Da stand ein alter Mann neben mir und meinte, ich solle so etwas nicht sagen. Er sagte, ich sei eine Blamage für alle, vor allem für die anwesenden Weißen.«

Die anderen lachten, denn die Menschen in Botswana waren ihnen wirklich ein Rätsel. Es war, als sei man zutiefst erstaunt darüber, sich im totenstillen Zentrum des Sturmes zu befinden, der im gesamten südlichen Afrika wütet. Man gewöhnt sich eigentlich nie daran, wenn man eine Nacht und einen Tag lang durch ein unbekanntes Land geflohen war und jeden Moment damit rechnete, eine zischende Polizeikugel im Rücken zu spüren. Und die Studenten waren von dieser Spannung umgeben – wild, aufgedreht, reizbar, gehetzt. Plötzlich stimmten sie die traurige, provokative Hymne des südlichen Afrikas an und erhoben die Hände vor der Fahne Botswanas. »Afrika gehört uns«, sangen sie. Und sie wiederholten die Hymne eine halbe Stunde lang. Das lockte eine Gruppe Neugieriger an, die schweigend um uns herumstand und uns aufmerksam musterte, als seien wir Tiere im Zoo.

Wir sangen auch:

»How many years does it take a man to be free? –
... The answer is blowing in the wind ...«

Das deprimierte alle, und wir saßen eine Weile und schwiegen betrübt. Ein alter Mann saß in unserer Nähe. Auf seinem runzligen alten Gesicht lag ein ewiges Lächeln. Er war meilenweit durch den Busch gegangen, um an der Unabhängigkeitsfeier teilzunehmen. Die Haut an seinen Knien hatte tiefe Falten und war übermäßig gedehnt, weil er den größten Teil seines Lebens hockend verbrachte. Er sah uns mit seinem schönen Lächeln an und sagte mit einer rührend kindlichen Stimme: »Mir gefällt Francistown.«

Merkwürdigerweise schlug die depressive Stimmung der Studenten in Wut um. Sie begannen aufs neue, alles und jeden zu beleidigen.

»Du bist betrunken, alter Papa«, sagten sie.

»Wer, wer in diesem albernen Land versteht wohl, was die Unabhängigkeit bedeutet? Fragt mal die albernen Leute hier.«

»Und seht euch ihre häßliche, simple Fahne an ...«

»Nein, nein«, unterbrach ich scharf, plötzlich auch wütend. »Die Fahne ist sehr schön. Erstens, weil es eine Fahne für alle ist, unabhängig von der Partei. Zweitens ist sie ein echtes Symbol für das Land. Der breite, blaue Streifen stellt den blauen Himmel über Botswana dar; der andere die Hoffnung der Menschen auf Regen sowie die Entwicklung von Industrie und Landwirtschaft. Der schwarze und der weiße Streifen stehen für die ideale Harmonie zwischen den Rassen.«

Sie waren ein wenig verunsichert und sahen sich die Fahne noch einmal an.

»Na, gut«, sagte einer. »Mir gefällt sie, solange sie nicht vom Wind aufgebauscht wird. Mir gefällt vor allem der breite schwarze Streifen in der Mitte.«

Einer sagte etwas über das Fehlverhalten Seretses in seiner Eigenschaft als Politiker in Afrika. Sie sahen mich an, weil ich seit fast drei Jahren in Botswana lebte.

»Mit dem Mann ist alles in Ordnung«, sagte ich vorsichtig.

»Was meinst du damit? Wir brauchen Fakten. Ist er wirklich ein afrikanischer Nationalist?« fragten sie kritisch und skeptisch.

Mir war verzweifelt unbehaglich zumute, weil ich Politiker nicht unterstütze.

»Er sagt vernünftige Dinge«, sagte ich hilflos. »Ich meine, die Regierung schweigt, und wenn sie eine Aussage macht, dann hört man genau hin, um herauszufinden, ob darin böse Absichten versteckt sind, man findet sie aber nicht. So glaubt man, daß es vernünftig sein könnte.«

»Aber ist der Mann ein afrikanischer Nationalist?« fragten sie.

»Ja«, sagte ich. »Seit einiger Zeit halte ich ihn für einen.«

Einer sagte: »Eigentlich stimme ich ihr zu. Mir gefällt der ruhige Mann, der in einer hoffnungslosen Situation den Mund hält. Seretse ist ein viel besserer Politiker als beispielsweise Dr. Banda aus Malawi. Der macht jede Menge Aussagen, und häufig schaden sie den Interessen der Afrikaner.«

Unsere Party endete auf abrupte, schockierende und lächerliche Weise. Wir schickten einen Studenten los, einen stillen, unscheinbaren Typen, um den Eimer am Biertank aufzufüllen. Als der Eimer gerade vollgelaufen war, erschien vor seinem Gesicht die scharfe Schneide eines Messers.

»Gib her«, befahl die betrunkene Stimme. Hastig gab er den Eimer auf. Dann fiel die ganze Horde betrunkener Männer am Biertank in wilder Hingabe über den Eimer her, zerrten ihn hin und her und badeten sich die Köpfe in Bier. Das war zuviel für die Studenten. Sie stürzten sich in das Getümmel, die Arme in die Luft gestreckt, wie wilde

Vögel. Ein einheimischer Polizist griff ruhig ein und ließ das übrige Bier aus dem Tank auf die Erde laufen. Die Studenten knirschten frustriert und wütend mit den Zähnen.

»Diese einheimischen Polizisten sind albern«, sagten sie. »Wir hätten mit dem Eimer einen Coup landen können, ohne Blutvergießen.«

Ich ging allein nach Hause. Der ewig-vertraute Dornbusch leuchtete in der strahlenden, ungezähmten Schönheit eines Sonnenuntergangs in der Wüste. Und etwas Neues, nicht Vertrautes – die blau, schwarz und weiße Fahne, die im starken Wind flatterte.

»Es ist schon gut«, dachte ich. »Die ganze Welt scheint auf dem Kopf zu stehen, doch in diesem Land hier gibt es etwas, was gut ist. Vielleicht sind es merkwürdige Menschen, die gegen den Strom ziehen – unbeirrbar, vernünftig sogar. Vielleicht liegt es an den Lumpen und Fetzen der Armut, die sie mit aufrechter Haltung und erbärmlicher Würde tragen. Egal, was es ist, ich sage, es ist gut, denn es fühlt sich im Herzen wie Frieden an.«

Die Menschen im Dorf

Die Armut hat ein Zuhause in Afrika – wie eine stille, zweite Haut. Es mag sein, daß dies der einzige Ort auf der Welt ist, wo sie mit unbewußter Würde getragen wird. Die Menschen schauen nicht auf deine Schuhe herab, die vom Schmutz der Jahre so hart und rissig geworden sind, daß die Zehen herausstehen. Sie sehen dir direkt und tief in die Augen, um herauszufinden, ob du Freund oder Feind bist. Das ist das einzige, was zählt. Ich glaube fast, daß dieser tiefe Blick in die Augen, diese intensive Wahrnehmung eines Menschen, die Erde rundherum widerspiegelt. In Afrika sind Himmel und Erde grenzenlos. Man könnte sagen, daß diese ungeheure Weite eine gewisse Vorsicht in sich birgt, die den Menschen auf seine einfachste Form reduziert. Trifft das nicht zu, so muß es einen anderen, unermeßlichen Grund geben für die immense Menschlichkeit und die extreme Liebenswürdigkeit der Menschen in meinem Dorf.

Die Armut hat hier eine große Anhängerschaft. Wir haben uns an sie gewöhnt. Jeden Tag essen wir einen Brei aus Hirse am Morgen; einen dickeren Hirsebrei mit einem Stück gekochten Fleisch am Mittag, und am Abend gibt es dasselbe wie zum Frühstück. Auf unseren Köpfen transportieren wir fast alles: Wasser aus meilenweiter Entfernung, Säcke voll Getreide und Mais, und Feuerholz.

Die Anpassung an die schwierigen Bedingungen in einem Land, das ständig von Dürren heimgesucht wird, steckt voller Widersprüche. Viele Babys sterben vor Hunger und Mangelernährung: Und doch, trotz der resignierenden Anpassung, finden sich die Menschen bei der Mutter ein, sitzen und sitzen in schwerem Schweigen und nehmen den Schmerz auf, bis er für die Mutter dumpf und unbestimmt geworden ist, eingebettet in den Fluß des Lebens. Das ist nicht richtig. Eine schreckliche Sinnlosigkeit ist darin enthalten. Und die Alternative? Aus der sinnlosen Sicherheit herauszutreten und dem Schmerz des Lebens allein gegenüberzutreten, wenn eine Seite des Gleichgewichts so überschwer wiegt, hieße, ein viel schlimmeres Schicksal auf sich zu nehmen. Die wenigen, die das wagten, sind auf merkwürdig stille, harmlose Weise verrückt: Sie irren durch das ganze Dorf, frei. Ihr ununterbrochenes Gemurmel und ihre halbbekleideten Körper allein unterscheiden sie von den anderen. Das ist nicht richtig, und es ist schädlich, nur nach dem Überleben zu streben. In den Topf gehören weitere Zutaten. Aber wie? Wir leben mitten im Nirgendwo. Die Verbindung zur Außenwelt findet per Ochsenkarren und Ochsenschlitten statt. Zudem erzeugt die Armut einen starken Sog aus Angst und Sorge. Wir sind nicht aufgeschlossen. Wir neigen dazu, das Fremde und Neue abzulehnen. Wir leben und überleben, indem wir so wenig wie möglich verlangen. Doch unterhalb des trügerischen Friedens, der uns umgibt, fühlen wir uns schneller verwirrt und zerrissen als diejenigen, die es schaffen, neue Horizonte in ihrer ganzen Größe und Weite lässig hinzunehmen.

Wollen wir wirklich das Recht auf eine langsame Entwicklung bewahren, das Neue nur dann zulassen, wenn es Schritt hält mit unseren Einschränkungen – oder überfällt uns das Neue als Widerspruch? Ich stelle diese Frage nur, weil trotz unserer Anonymität ein großes Guthaben an

Liebe und Wärme zu unseren Gunsten zählt, das sich die Götter irgendwo aufschreiben sollten. Es könnte sein, daß sie Wüsten und Halbwüsten übersehen. Ich möchte sie daran erinnern, daß es auch hier Menschen gibt, die ihre Aufmerksamkeit brauchen.

Die alte Frau

Sie war so zart, daß ihr ganzer Körper hierhin und dorthin schaukelte wie ein dünner Getreidehalm im Wind. Ihre Arme waren so flach wie Bretter. Das Fleisch hing kraftlos herunter, und ihre Hände, die ihren Gehstock umklammerten, waren verdreht und vom Alter knotig. Die zerschlissenen Ränder mehrerer Unterröcke schaukelten ebenso unter ihrem langen Kleid. Darunter stakten zwei knochige Stockbeine hervor. Sie trug ein Paar Leinenschuhe. Alle Zehen waren zu sehen, so daß die Füße haltlos in den Schuhen schlappten. Sie trug jeden Schuh am falschen Fuß, so daß sich einem das Herz umdrehte vor Lachen.

Dennoch wirkte sie so stark, daß ich erschreckte, als sie plötzlich vornüber gebeugt würgte und trocken hustete und dann wie ein stilles Seufzen zu Boden sank.

»Was ist denn, hmm? Was ist los?« fragte ich.

»Wasser, Wasser«, sagte sie schwach.

»Warten Sie einen Moment. Ich werde bei der Hütte fragen, ob sie Wasser haben.«

»Was ist los?« fragten sie dort.

»Die alte Dame ist krank«, sagte ich.

»Nein«, sagte sie kurz. »Ich bin nicht krank. Ich bin hungrig.«

Die Menge lachte peinlich berührt, daß sie ihre Bedürfnisse so unverhüllt offenbarte. Sie wandte sich ab; alte Frauen aber schämen sich nicht mehr. Sie sind wie Kinder. Sie geben sich der Schwäche hin und scheuen sich nicht zu weinen, wenn sie hungrig sind.

»Das macht nichts«, sagte ich. »Hunger ist etwas Fürchterliches. Meine Hütte ist nicht weit von hier. Das kleine Kind hier wird sie Ihnen zeigen. Warten Sie dort, ich komme gleich zurück und mache Ihnen etwas zu essen.«

Dann war es später Nachmittag. Ich dachte schon längst nicht mehr an die alte Dame, als eine fremde junge Frau, die mir nicht bekannt war, mit einem Eimer Wasser auf dem Kopf auf meinem Hof erschien. Sie stellte den Eimer vor meine Tür und hockte sich auf die Erde.

»Guten Tag. Wie geht es Ihnen?« sagte ich.

Sie erwiderte den Gruß, wobei ihr Gesicht leer blieb und ihr Blick vorsichtig gesenkt. Ich konnte unmöglich sagen: Was wollen Sie? Wen suchen Sie? Ich konnte das unmöglich zu einem vorsichtig gesenkten Blick sagen und zu einem Körper, der still und geduldig auf der Erde hockte. Ich schaute zum Himmel, hilflos. Ich schaute auf die Bäume. Ich schaute auf die Erde, die junge Frau aber sagte nichts. Ich kannte sie nicht, weder in- noch auswendig. Viele Leute, die ich nicht kenne, kennen mich, in- und auswendig, und immer ist es dasselbe, dieses Schweigen.

Eine neugierige Nachbarin sah über die Hecke.

»Was ist los?« fragte sie.

Ich schaute wieder zum Himmel und hob hilflos die Schultern.

»Frag die junge Frau bitte, was sie will, wen sie sucht.«

Die junge Frau wandte ihr Gesicht der Nachbarin zu, hielt ihren Blick immer noch gesenkt und sagte leise:

»Nein, sagen Sie ihr, sie half unserer Verwandten, die heute morgen zusammenbrach. Sagen Sie ihr, die Verwandten hätten darüber gesprochen. Sagen Sie ihr, daß wir ihr nichts dafür geben können, nur ein Verwandter sagte, er sehe sie jeden Tag Wasserholen gehen. So beschlossen wir, ihr einen Eimer Wasser zu bringen. Das ist alles, was wir haben.«

Ja, sagen Sie es ihnen. Sagen Sie ihnen, wie natürlich, selbstverständlich und normal menschliches Entgegenkommen ist. Sagen Sie es ihnen, denjenigen, die mein Land Afrika nach Gewinn und Gier beurteilen, daß die Götter hier barfuß gehen, ohne Hermelin und goldbesetzte Mäntel.

Sommerhitze

Den ganzen Tag schlafe ich hier unter dem Dornbusch, und die Wüste liegt rechts neben mir und links neben mir. Ich habe keine Arbeit. Wir warten alle auf den Regen, weil wir ohne Regen nicht pflügen können. Ich glaube, der Regen ist wieder verschwunden, wie im vergangenen Jahr. Wir hatten im November ein bißchen Regen, Dezember ist vorbei, und jetzt ist Januar; und jeden Tag sitzen wir hier und warten auf Regen: meine Mutter, meine Großmutter und mein Großvater, mein Cousin Lebenah und meine Schwester und ihr kleines Baby. Falls es regnen sollte, wird mein Großvater den Pflug schieben, und mein Cousin Lebenah wird die Ochsen meilenweit über unser Land ziehen. Wir Frauen werden hinter ihnen hergehen und die Saat für Mais, Hirse, Kürbisse und Wassermelonen aussähen. Ich empfinde großes Mitleid für meine Familie und andere Familien. Ich frage mich, warum wir hier sitzen. Jeden Tag scheint die Sonne heiß, heiß vom blauen Himmel. Jeden Tag wird die Wasserstelle des Novemberregens kleiner. Bald werden wir das Land verlassen und ins Dorf zurückkehren müssen.

Im Dorf haben wir einen Politiker, der mit den Leuten auf den Hügel steigt und um Regen betet. Er trägt einen schicken Anzug und hat ein großes, schwarzes Auto und eine schöne, tiefe, afrikanische Stimme. Sein Verstand ist schnell und springt von einem zum anderen. Er kann gleichzeitig beten, schreien und politische Reden halten. Die Leute glauben immer wieder, daß es sofort nach seinem Beten und Schreien zu regnen anfangen müßte. Sie nennen ihn den Mann, der Gott wachrüttelt.

Eigentlich habe ich nicht den ganzen Tag geschlafen. Ich versuche, Englisch zu lernen. Mein Cousin Lebenah sagt, daß sich die Dinge in Afrika verändern und daß es für Frauen wichtig ist, sich weiterzubilden. Ich liebe meinen Cousin Lebenah so sehr, daß ich alles tue, was er mir sagt. Er sagt, Englisch sei die beste Sprache, die man erlernen kann, weil viele Bücher auf Englisch geschrieben wurden und man ein unendliches Wissen aus ihnen gewinnen kann. Er gab mir ein Geographiebuch, und ich habe es mehrmals durchgelesen. Ich bin verwirrt und habe Angst. Jedes Jahr wird die Sonne grausamer. Jedes Jahr sterben mehr und mehr unserer Rinder. Das einzige Tier, das überlebt, ist die Ziege. Sie kann alles fressen, und wir essen die Ziege. Ich weiß nicht, was wir ohne die Ziege tun würden. Sie ist immer bei uns, wie die Familie. Sie hat ganz merkwürdige Augen. Sie sind groß und gelb, und die Pupille ist ein schwarzer Strich quer über den gelben Augapfel.

Ich versuche auch, mich weiterzubilden, weil ich Angst habe, ein uneheliches Baby zu bekommen, wie meine ältere Schwester. Meine Familie hätte es sehr schwer. Und das Baby auch. Es könnte sterben. Wenn sich eine Frau weiterbildet, wird sie nicht so leicht zu viele Babys bekommen. Sie muß sich überlegen, wie sie das Baby ernähren, kleiden und waschen wird. Das Baby meiner Schwester ist aber süß. Es lacht viel, ganz ohne Grund.

Mein Geographiebuch läßt mich viel nachdenken. Es sagt, daß Wasser aus Wasserstoff und Sauerstoff entsteht. Ich denke so oft darüber nach. Wenn wir überall grüne Pflanzen hätten, könnten sie erst Sauerstoff und dann Regen machen. Die Erde ist sehr fruchtbar. Wenn es nur ein bißchen regnet, wachsen die grünen Pflanzen überall und viele fremde Blumen. Wie können wir so leben? Hier stehen die Säcke voller Saat für Mais und Hirse, und die Erde ist steinhart.

Morgen wird die Sonne leise aufgehen. Die vielen Vögel draußen werden sie begrüßen. Ich nicht. Allein, ohne die Hilfe des Regens, ist sie grausam, tötet und tötet. Wir beobachten sie, wie den Tod. Dann, am Abend, wird alles so sanft, wie wir sind. Mutter röstet Ziegenfleisch auf der Glut des Feuers. Meine Schwester nährt ihr Baby. Großvater und Cousin Lebenah reden leise über kleine Dinge. Die Sterne breiten sich am Himmel aus und beugen sich über den Horizont. Das leise Gespräch von Großvater und Cousin Lebenah scheint die Erde und den Himmel zusammenzuführen. Ich weiß nicht, was wir tun würden, wenn wir einander nicht so liebten, denn morgen wird die Sonne wieder aufgehen.

Der Grüne Baum

Dieser kleine Hügel hier an meinem Dorf in Afrika ist reich an Vogelstimmen. Die Vögel sind klein und braun und mit dem dichten Gestrüpp aus dunkelbraunen Ästen wie verbunden. Die grünen Blätter der Bäume sind so winzig, daß das Auge sie kaum erkennen kann. Alles, was in meinem Land grün ist, ist winzig und gedrungen, denn mein Land ist eine Halbwüste.

Von diesem Hügel aus könnte das Dorf unten für ein fruchtbares Tal gehalten werden. Es liegt verhüllt und versteckt unter hohem Grün. Dieses Grün aber ist unproduktiv. Sich selbst erhaltend und in sich zurückgezogen, führt es seinen stillen Kampf ums Überleben allein. Wir nennen ihn den grünen Baum. Er kam als Fremdling her und paßte sich bald an die Härte unseres Lebens an. Er braucht kein Wasser aus der Erde, sondern zieht sich die Feuchtigkeit aus der Luft, um zu leben. Wir benutzen ihn als Hecke. Er schützt uns auch vor den Sandstürmen, die über unser verlassenes und trockenes Land wehen.

Wenn Sie meinen Leuten erzählen, daß es Länder mit vielen grünen Hügeln gibt, auf denen keine Rinder weiden, werden sie es Ihnen nicht glauben. Unsere Rinder leben von dörrem Gras, das papiertrocken ist. Unsere Ziegen fressen die zerfledderten Reste von windverwehten Zeitungen und stoßen ihre Mäuler in die Dornbüsche, um an den dichten Blättertrauben zu kauen, die aussehen wie einzelne, weit verteilte Sternchen am Himmel. Das ist unser Leben. Alles wird neidvoll bewacht. Nichts wird je verschenkt. Alle Kraft und Energie muß streng bewahrt werden für den Kampf ums Überleben morgen und morgen und morgen.

Seit einiger Zeit ziehen viele Fremde durch unser Land. Sie kommen aus dem Süden und fliehen vor politischer Verfolgung. Sie sehen sich unser Leben entsetzt an und machen sich schnell davon, auf zum Paradies in den Norden. Diejenigen, die durch Umstände gedrängt und gezwungen werden, eine Weile zu bleiben, klagen und beschweren sich ununterbrochen. Es ist nur gut für sie, daß uns die Regeln der Höflichkeit, Gastfreundschaft und Liebenswürdigkeit angeboren sind. Es ist gut, daß sie die Leidenschaft nicht kennen, die wir empfinden für das, was wir lieben, und von ihnen nicht berührt werden kann. Der puderfeine Staub der Erde, die Hitze, die Rinder und ihr langsamer, stolzer Gang – das alles hat unsere Lebensweise geprägt. Unsere Frauen und ihre langen, dünnen, harten Körper treiben den Mann an den Rand der Leidenschaft. Das alles gehört zu uns. Rar sind sie, die Fremden, die wie der grüne Baum es schaffen, sich schnell an unsere Lebensweise zu gewöhnen. Wir sollten sie fürchten, denn ihre Anpassung liegt an der Oberfläche, wie eine Maske, darunter aber sind sie neu und so fremd wie eh und je. Sie setzen auf dem glatten Teich des Lebens einen Kreis in Bewegung, und man kann es nicht verhindern, daß er von einem zum nächsten zieht.

Niemand weiß das besser als ich. Achtunddreißig Jahre meines Lebens hatte ich mich selbst völlig in der Hand. Jetzt stecke ich voller Konflikte, weil ungewohnte Gefühle von mir Besitz ergriffen haben. Ich bin geschwächt und verwirrt und erkenne in mir selbst nicht mehr den Mann, der ich einmal war. In einem Moment bin ich wütend, der blinden Zerstörung nahe, und im nächsten überwältigt mich ein erschreckendes und völlig fremdartiges Gefühl der Zärtlichkeit.

Frauen gegenüber muß der Mann direkt, glatt und brutal auftreten. Tut er das nicht, wird er bald feststellen, daß er seinen Stolz verliert und von ihnen abhängig wird. Es ist nicht nötig, die Leidenschaft zu beherrschen, es ist aber nötig, das Herz zu beherrschen.

Dieser merkwürdige Wahn schlich sich unbemerkt in mein Leben ein. Ich weiß nicht, wo ich sie zum erstenmal sah. Ich habe nicht einmal mit ihr gesprochen, doch nun suchen meine Augen sie an jeder Dorfecke, und eintausend Teufel der Unruhe verfolgen mich, wenn ich sie nicht sehe. Die hinterlistige Fremde setzte sich die Maske der Anpassungsfähigkeit auf und übernahm unsere Sitten und Bräuche, doch zu ihr, der Frau, sind alle Tore verschlossen. Nur gut, daß sie mich fürchtet. Manchmal könnte ich sie vernichten mit dem Donnerschlag der Gewalt, der in mir steckt, und ich erkenne Entsetzen und Angst in ihren Augen. Dann, wenn es mir nicht gelingt, meine wahnsinnigen Gefühle zu beherrschen, bin ich derjenige, der unter ihrem scharfen, herausfordernden Blick voll hämischer Macht und Gleichgültigkeit bebt. Ich bin derjenige, der entmannt dasteht, kraftlos und willenlos, und die Wut, der Haß auf den Verlust von Stolz und Unabhängigkeit treibt mich über die Grenzen der Vernunft hinaus.

Alles, was ich wollte, habe ich durch Gewalt, Betrug und Berechnung bekommen. Jetzt liege ich nachts wach und sehne mich nach etwas, das zu besitzen ich fürchte. So, wie unsere Rinder beim ungewohnten Anblick grüner Hügel durchdrehen würden, so lebe ich in Angst vor dem Körper einer Frau, der durch Aufruhr und unsichere Umstände verpflanzt wurde in harte, dürre Erde. Manchmal fühle ich ihn unter mir; kühl wie die tiefe Nacht, wenn der Mond das blasse Licht des Himmels zur Erde trägt und der Staub glänzt wie Gold. Dann streckt sich meine Hand aus, und ich nehme dem Ding, das mich quält, das Leben.

Tao

Die Wüste hat eine merkwürdige Wirkung auf das menschliche Leben. Solange man nach äußeren Dingen sucht, sei es Untergrundwasser oder neues Weideland für die Rinder, ist alles in Ordnung. Sollte aber eine innere Sehnsucht in dir erwachen, wird dein Leben sehr unsicher. Es gibt keine Möglichkeit, diese Sehnsucht zu erfüllen, wenn der Kampf ums Überleben derart hart ist. Wüstenmenschen wie wir sind eigentlich grausam. Wir ähneln der Einöde und der Einsamkeit unserer Umgebung zu sehr. Manchmal ist kaum zu erkennen, wo der Mensch aufhört und die Natur beginnt. Die Gestalt seines harten, sehnigen braunen Körpers wiederholt sich in der Gestalt der harten, trockenen, dunklen und blattlosen Bäume. Wir ergänzen die Erde. Die Natur ist extrem und gewaltig. Wir sind sanft und versöhnlich, als wollten wir die Barmherzigkeit aufwiegen, die ihr fehlt. Wir tolerieren keine gewaltigen Gefühlsausbrüche, keinen Streit. Uneinigkeiten zwischen Nachbar und Nachbar, Ehemann und Ehefrau werden offen und bis ins Detail vor dem Dorfgericht diskutiert. Wir lieben lange Reden leidenschaftlich und leben auf diese Weise unsere Leidenschaft aus. Ich glaube, daß wir tatsächlich nichts vom Innenleben verstehen. Wir unterdrücken es alle. Das Gewicht von Gruppendenken und Gruppenfühlen unterdrückt immer die Gedanken und Initiativen des einzelnen. So ist es schwer, uns zu verändern. Unser Land ist das ärmste auf dem Kontinent Afrika und liegt mindestens fünfzigtausend Jahre hinter dem Rest der Welt zurück. Sogar die politische Unabhängigkeit widerspiegelt unser Leben. Sie verläuft entgegengesetzt zum politischen Trend Afrikas. Die Menschen aus dem Norden, die ihre Unabhängigkeit gewannen durch Gefängnisstrafen, Blut und Tränen, finden uns sehr amüsant.

»Wo gibt es denn so etwas, daß eine afrikanische Regierung den britischen Imperialismus verteidigt?« sagen sie.

»Wir sind eben nicht wie ihr«, antworten wir. »Wir waren nie Untergebene des Kolonialismus. Wir wurden beschützt. Unsere Väter und Großväter. . . «, und dann halten wir eine lange, rechtfertigende Rede.

Die politischen Flüchtlinge und tüchtigen Männer unserer Zeit sehen uns entsetzt an.

»Wißt ihr denn nicht, daß es Krieg gibt bei uns? Wißt ihr nichts von der Großen Weißen Verschwörung? Sie wollen dieses Land als Pufferzone benutzen gegen die Welle des afrikanischen Nationalismus, die über den Kontinent rollt! Ihr spielt den Siedlerregierungen die Karten zu! Hier liegt der Sprengstoff! Hier wird es zu einer himmelhohen Explosion kommen! Ihr sitzt auf einem Berg Sprengstoff!«

»Ein Berg Sprengstoff?«

»Wartet es ab«, unken sie dunkel. »Glaubt ihr, daß die Welle das stille Wasser nicht erreicht?«

Wir verteidigen uns. Wir erklären ihnen in einer langen Rede, daß in unserem Land immer Frieden herrschte und es ein Zufluchtsort sei für andere in schwieriger Lage. Wir erzählen ihnen die uralte Geschichte vom Kalanga-Stamm, der vor der Verfolgung des Matabele-Stammes flüchtete und seit drei Jahrhunderten in Frieden hier lebt, obwohl sie ein anderes Volk sind, mit anderen Bräuchen.

»Hier ist alles friedlich«, sagen wir und heben ausdrucksvoll die Hände.

Aus irgendeinem Grund werden wir nie verstehen, was das Wort Intrige bedeutet. Aus irgendeinem Grund werden wir nie etwas verstehen von der Qual und der Verzweiflung, die die menschliche Seele zeichnen. All das haben wir so tief in unser Innerstes verdrängt, daß nur ein Aufruhr gigantischen Ausmaßes es befreien könnte. Vielleicht ist das unsere größte Schwäche. Wir, die so bedachtsam, konservativ und konform sind, sind plötzlich die Nicht-Konformisten Afrikas. Wir, die das Leben immer nur als gerade Linie betrachteten, merken plötzlich, daß es Kurven und Biegungen gibt, von denen wir nichts wissen. So sind wir verletzbar und allem gegenüber offen. Die alten Leute, die alles beurteilen, werden schon nervös.

»Es geschehen plötzlich Wunder«, sagen sie mißmutig.

Denn trotz des großen Friedens hier ist unser Leben eigentlich sehr unbeständig. Wüstenmenschen sind wandernde Menschen. Bei der geringsten Provokation kann es passieren, daß ein ganzes Dorf aus Cousinen, Tanten, Eltern und Kindern von dannen zieht mit Ziegen, Schafen, Rindern und sonstigem; über Nacht. Die Lehrerin, die gestern noch sechzig Schüler unterrichtete, muß feststellen, daß sie keine Klasse mehr hat. Die Schulen bestehen aus behelfsmäßigen Gebäuden, und es gibt so gut wie keine Hilfsmittel. Die Lehrer wissen nie genau, wo sie sich am nächsten Tag, im nächsten Quartal befinden werden. Sie ziehen ständig hinter den Kindern her. In den sehr großen Dörfern und kleineren Städten ist das Leben sicherer und beständiger, so daß die Lehrer kein Hehl aus ihrer Freude machen, wenn sie durch Gaunerei, Gunst oder Glück versetzt werden in eine Stadt oder ein größeres Dorf. Viele Jahre lang bin ich als Lehrerin von einem abgelegenen Außenposten zum anderen gezogen, wo ich am Tag nur Sanddünen und grau stachelige Dornbüsche sah; und in der Nacht schwebten die Sterne groß, tief und leuchtend in tödlicher Stille; so still, daß sich die Stille in die leeren Höhlen der Einsamkeit schmiegte und die vielen unerfüllten Sehnsüchte annehmbar und erträglich machte. Ich hielt es nicht für möglich, diese Orte jemals zu verlassen, versetzt zu werden an einen Ort mit einem anderen Lebensrhythmus, mit ein paar Läden, einem Kino und Autos, die den ganzen Tag auf staubigen Straßen auf und ab rasen. Die Autos faszinieren mich. Sie stellen einen merkwürdigen Kontrast zur unveränderlichen Wüste dar. Sie sind angsterregend und aufsässig und neu. Die Menschen, die sie fahren, sind auch angsterregend und aufsässig und neu, und sie verstecken sich hinter dunklen Sonnenbrillen. Sie scheinen alles zu sehen, und doch bleiben ihre Gesichter kühl und ungerührt.

Der Schulleiter, der aus irgendeinem Grund sehr gequält wirkte und ruppig sprach und ging, sagte: »Nun, wir können die Lehrer nirgendwo unterbringen. Sprechen Sie mal mit einem der Beamten. Ich verstehe nicht, warum sie mir immer wieder Lehrer schicken, die hier keine Verwandten haben.«

Kümmern Sie sich nicht um meine Unterbringung. Ich habe viele Nächte im Freien verbracht und die Sterne betrachtet, die über mir wirbelten, stürzten und explodierten.

Es gibt Menschen, die sich selbst in schwierige Lagen bringen. Sie sind zu besessen von gewaltigen Gefühlsextremen, die ihnen keine Ruhe gönnen und sie vorantreiben, immer weiter, ohne Pause. Mehr als alle anderen werden sie zur Zielscheibe von Ärger, Haß, Neid und Zorn ihrer Mitmenschen. Wenn du dich mir in den Weg stellst, werde ich dich mit allen Mitteln bekämpfen, scheint ihr wild entschlossener Ausdruck zu sagen. Einen solchen Mann gibt es selten unter meinen Leuten, so daß ich den Beamten, bei dem ich mich nach einer Unterbringung erkundigen wollte, mit erstaunter Neugier anstarrte. Als ich eintrat, sah er auf und durch mich hindurch mit blinden Augen. Ich hätte die Wand sein können – was auch sehr selten ist. Unsere Männer verfügen über einen lockeren Charme, den sie höchst erfreut anwenden, sobald eine Frau erscheint und sie ihre idiotischen, spielerisch provokativen Späße treiben. Sein Gesicht wirkte hart und streng und verschlossen durch die vielen krassen Linien, die von Schmerz, Trauer, Wut, Exzessen und Mißbrauch gezeichnet werden.

»Ich suche eine Unterkunft«, sagte ich leichthin und gab vor, all diese Dinge nicht gesehen zu haben.

Er stand auf. Sie war mühelos, die Art, in der er seinen Körper aufrecht hielt. Seine Arme waren kurz, kraftvoll und setzten sich merkwürdig ab von seinen langen, dünnen, schmalen, beweglichen Fingern. Insgesamt zu viele Extreme. Es schien mir unmöglich, daß ein so intensiv männlicher Mann sich seiner so völlig unbewußt sein konnte!

Er versteckte sein Gesicht hinter der dunklen Sonnenbrille und fuhr in rasender Geschwindigkeit über die gewundenen, staubigen Kreiswege des Dorfes. Die Ziegen sprangen in alle Richtungen davon; Entrüstung lag in ihren gelb glänzenden Augen. Ich wünschte, ich könnte jeden Tag in einem solchen Auto fahren. Es ist ein wunderbares Gefühl, und doch kann ich es nicht ausreichend erklären. Das Auto hielt abrupt vor einer der zahllosen anonymen Lehmhütten, die aussehen, als würden sie aus der Erde hinauswachsen und sich flach und hilflos an sie klammern. Eine große Frau mit zwinkernden, schalkhaften Augen schoß heraus. Er lächelte kurz, und es war wie ein Blitzschlag an einem dunkel drohenden Himmel.

»Mein Gott, Kate«, sagte er. »Lebst du noch?«

»Natürlich lebe ich noch, Tao«, antwortete sie frech und fröhlich. »Wie kommst du darauf, daß ich tot sein könnte, wo du doch viel älter bist als ich. Sag bloß, diese Frau soll bei mir wohnen. Frauen können nicht friedlich zusammen wohnen. Wahrscheinlich werde ich auch noch mein Abendessen mit ihr teilen müssen. Warum gebt ihr uns Lehrern nicht ein höheres Gehalt? Wir sind eine wichtige Ware, müssen aber von einem Lohn leben, der einer Altersrente gleicht.«

Er lächelte, wieder kurz.

»Du denkst nur an Essen und Geld. Du weißt doch, daß sich die Dinge hier langsam entwickeln.«

Dann drehte er sich abrupt um, fuhr davon und wirbelte den Straßenstaub auf wie ein wütender Windsturm.

»Er ist ein merkwürdiger Mann«, sagte ich, um das aufkommende Schweigen zwischen der großen Frau und mir zu unterbrechen.

Sie schüttelte den Kopf.

»Nein, er ist ganz unkompliziert«, sagte sie. »Wir haben zusammen gespielt, als wir klein waren. Jetzt ist er unglücklich, weil er eine Frau hat, die ihn mehr als nötig liebt; die die Tür verschließt, sobald er nach Hause gekommen ist.

Das irritiert uns, weil sie durchs Dorf marschiert und sagt: ›Er ist mein Ehemann, hin oder her.‹«

»Tatsächlich?«

»Ja. Dann wurde er ein Sprecher der politischen Partei, und alle sagen, er könne wie verrückt politische Reden schwingen. Das ist der Strohhalm, an den sich der Ertrinkende klammert. Wie lautet Ihr Name, Madam?«

»Lorato«, sagte ich.

»Du ähnelst sehr einer würdigen Lehrerin, aber egal, wir werden uns gut verstehen.«

Zwischen den wenigen, die etwas besitzen, und der Mehrheit, die nichts besitzt, liegt eine tiefe Kluft, unveränderlich. Die wenigen, die etwas besitzen, werden zu dem, was sie besitzen, bis der Mensch nicht mehr zu trennen ist von seinem Besitz. Ohne ihn ist er ein zerrüttetes, schwaches, zusammengesunkenes, lebloses Skelett, weil er sein gesamtes Wesen in seinen Besitz legte. Etwas zu besitzen und sich selbst nicht in dem Besitz zu verlieren; zu wissen, daß es keine Möglichkeit gibt, das unersättliche Verlangen der menschlichen Seele zu erfüllen, heißt verstehen, daß das Leben des Menschen ein sich ewig erweiternder Horizont ist. Diejenigen, die danach streben, den Horizont auf Besitz und ähnliches zu beschränken, verurteilen sich selbst zum lebenden Tod und zu einer furchterregenden Leere. Es gibt das Lachen und den Frohsinn der Armen, weil das Leben für sie ein weiter Horizont von unerreichten und scheinbar unerreichbaren Wünschen ist. Gesegnet seien die Armen, denn sie werden tatsächlich in das Erdenreich eintreten.

Die Frauen in meinem Land stehen vor einem merkwürdigen Dilemma. Ich sehe nicht, wie sich die Situation ändern sollte. Männer fühlen sich nicht dazu berufen, eine bestimmte Frau zu lieben, Gefühle zu nutzen. Sie lassen sich auf unbeschwerte, wandernde Weise von Frau zu Frau treiben und versprühen ihren fröhlichen, oberflächlichen, lokkeren Charme in alle Richtungen. Die Tiefe des menschlichen Gefühls und der Zärtlichkeit wird niemals erforscht. Laß uns Spaß haben, scheinen sie zu sagen. Ich bin heute hier und morgen wieder weg. Du kannst dich also entscheiden. Nur wenige Frauen entscheiden sich für die Ehe. Sie müssen über ein gewisses Maß an Rücksichtslosigkeit verfügen, um einen Mann in den Hafen der Ehe zu locken oder zu zwingen. Danach muß er streng gehortet werden; er ist kein Mensch, den sie lieben können, sondern ein Objekt, das sie besitzen, wie einen Batzen Geld, wie ein Möbelstück. Die meisten Frauen finden diesen Gedanken abstoßend und heiraten nie, obwohl sie große Familien haben mit sieben oder acht vaterlosen Kindern, die sie mühsam ernähren mit den paar Pfennigen, die sie hier und da verdienen. Unter den unverheirateten Frauen entwickeln sich gute und starke Freundschaften, frei von Eifersucht und Neid. Eine unverheiratete Frau ist niemals die Freundin einer verheirateten Frau. Die tiefe Kluft ist unveränderlich. Vor langer Zeit war das anders, als Eltern und Dorfälteste die Ehen noch arrangierten, doch Tradition und Brauch wurden zerstört durch das Steuersystem und der daraus folgenden Zwangsarbeit in den Minen, meilenweit von zu Hause entfernt. Das Familienleben und ein Heim sind Dinge der Vergangenheit, und die Zukunft besteht aus dauernder Unsicherheit. Bei allen ist das Gefühl unterdrückt und eingeschläfert worden. So kann es nicht ewig bleiben. Hinter jedem fröhlichen und unbeschwerten Lachen liegt ein Schluchzen, und ein kleiner Funke genügt, um die Gefühlswelt an die Oberfläche zu bringen, an das strahlende Tageslicht. Das bestimmt nicht der Mensch, sondern der Rhythmus des Lebens. Der Mensch mag eine Zeitlang schlafen können, doch dann wird er aufwachen und spüren, daß es Schmerz gibt, gebrochene Herzen, den Kampf um die eigenen Ziele, Macht und Erfüllung.

Kate hatte einen Freund, einen kurzlebigen Nachtflieger. Wenn er kam, ging ich am anderen Ende des Dorfes spazieren, um sie allein zu lassen. So kam es, daß ich auf die politischen Versammlungen stieß, die bei Sonnenuntergang unter einem Baum auf einem offenen Platz vor dem Dorf stattfanden. Eine große Gruppe Menschen saß auf der Erde und hörte aufmerksam zu. In einem Kleinbus mit einem Lautsprecher saß der Mann – Tao. Meine Neugier zog mich an den Rand der Gruppe, und ich war sofort gefangen und eingenommen von einem anziehenden Zauber; in mir selbst verloren, während es um uns immer dunkler wurde. Er hätte uns alles mögliche erzählen können, daß der Himmel grün ist und Kühe sechs Beine haben, wir hätten uns gegen seine Überzeugungen nicht wehren können. Die schwere, tiefe, volle Stimme und die feine, präzise Ausdrucksweise enthielten die ganze Kraft, Macht und emotionale Intensität dieses Mannes; und doch eine Zurückhaltung und Distanz, die zu sagen schienen: Seht ihr, daß ich mit euch machen kann, was ich will, aber ich tu es nicht, weil ich euch zu sehr achte. Das war es, was ein so starkes Vertrauen zwischen dem Mann und seinen Zuhörern entstehen ließ, daß er sie mitreißen konnte, ohne Widerstand. Er war ein Künstler, der Worte und einfache Statistiken benutzte, um seinen inneren Zwiespalt zu übertragen auf Erde und Himmel, Schicksal und Unabhängigkeit, und diesen so klar und echt und lebendig darstellte, weil er im Leben eines jeden Menschen enthalten ist.

Jeder Politiker kann Ihnen erzählen, daß das Land vermessen wurde und daß bestimmte Gebiete für die Holzindustrie geeignet scheinen und andere Gebiete nicht als Weideland benutzt werden sollten, um dort Getreide anpflanzen zu können; wenige aber können simple Tatsachen zu bebendem Leben erwecken. Nur wenige verfügen über eine so machtvolle, kreative Intelligenz. Ein Mann, der wach und leidenschaftlich lebt, erweckt auch seine Umgebung zum Leben. Merkwürdig, daß er einer von uns ist, und doch ein Gegensatz, ein Neuer, der Erwecker tief verdrängter und versteckter Gefühle. Ein solcher Mann, mit üblen Ambitionen, kann in seiner Umgebung Unheil und Katastrophen auslösen.

Ich ging benommen nach Hause. Die ganze Welt war still geworden. Ich konnte es mir nicht erklären. Ich konnte mir auch nicht das unerwartet heftige Hämmern des Herzens erklären. Zu Tode erschrocken, wünschte ich mir, mich auszulöschen, weil ich fürchtete, so allein zu sein wie das wilde Tier, dessen Schrei nicht erhört wird, da niemand seinen Schmerz versteht. Da entsteht der Drang zu leben, und doch will man den Schmerz des Unerfüllten nicht ertragen. Da entsteht auch Demut und das kindliche Bedürfnis, sich an die Erde zu klammern, um Schutz und Geborgenheit zu finden.

Kates Freund war bereits gegangen. Sie kochte sich gerade ihr Abendessen, sah mich aber scharf und skeptisch an. Für Kate bestand die Hauptbeschäftigung einer Frau darin, mit einem Mann zu schlafen. Sie tat es ständig, und doch entsetzte es ihre moralistische Seele. Da ich nicht fähig oder nicht willens zu sein schien, mich mit Männern zu umgeben, hatte sie mich impulsiv auf den Sockel der Tugendhaftigkeit gestellt. Deswegen spionierte und schnüffelte sie dauernd herum, als würde ich irgendwo einen Mann verstecken!

»Warum kommst du so spät? Wo warst du?« fragte sie fordernd.

Ich erzählte ihr von der Versammlung, und sie stürzte sich in eine heftige Tirade gegen unsere Politik.

»Das ist doch alles Quatsch«, sagte sie. »Alles Unsinn. Die zwei Parteien beschimpfen sich nur gegenseitig. Die eine sagt, die andere sei rechter als rechts, und das soll schlecht sein. Die andere ist linker als links, und das soll schlecht sein. Die Menschen sind so dumm. Sie haben sich doch schon für die Partei der Chiefs entschieden. Wir werden seit zig Generationen von den Chiefs regiert, und wir wollen sie loswerden. Statt dessen unterstützen wir eifrig alle die Partei der Reichen.«

»Sie haben einen guten Redner. Niemand kann ihm widerstehen.«

»Ich werde dir mal etwas sagen. Es ist reines Glück, daß die Partei der Reichen ihn bekommen hat. Tao war der Ärmste der Armen, und jetzt ist er der Reichste der Reichen. Aber die Armen sehen ihn so nicht. Sie sagen, er sei der Prophet, der aus der Dunkelheit kam, um sie zum Licht zu führen. Die Partei der Reichen würde ohne ihn nichts erreichen. Sie sitzen den ganzen Tag zu Hause. Ständig ist es nur Tao, der zu uns spricht. Man sagt, er braucht nur eine Rede zu halten, und schon rennt die Menge, um so schnell wie möglich Mitglied der Partei zu werden.«

»Wen wirst du wählen?« fragte ich.

»Die Partei der Reichen«, antwortete sie gewitzt.

»Aber warum ziehst du heimlich die Partei der Armen vor?«

»Man muß zweigleisig denken. Wenn die Reichen glauben, daß wir sie wie blinde Schafe unterstützen, werden sie uns überrennen. Wen wirst du wohl wählen?«

»Ich werde gar nicht wählen. Ich kann mich nicht klar entscheiden. Warum ist Tao deiner Ansicht nach ein so guter Redner?«

»Weil er ein einfacher Mann ist. Er spricht direkt aus dem Herzen. Tao ist ein Mann, dessen Leben immer für die Öffentlichkeit sichtbar ist. Er kann nichts verstecken. Deswegen vertrauen ihm die Menschen.«

Eines Nachts, nachdem es ein bißchen geregnet hat, wachst du auf und siehst, daß die Erde mit zartem Grün bedeckt ist. Und dann, in der Tageshitze, stirbt es oder schläft in der verdörrten Erde ein und wartet, bis es an der Zeit ist, wieder zu leben und zu wachsen. Es wartet geduldig. Die Lebensenergie im Menschen aber ist zu stark. Sie bringt die Welt zum Einsturz, und wir sehen sie in Stücken liegen. Ich habe keinen Mut in dieser verkehrten Welt. Ich fliehe. Ich würde mich selbst lieber auslöschen, als mich der Qual eines nackten und schamlosen Verlangens nach einem Mann mit einem Gesicht wie eine drohende Gewitterwolke zu stellen. So lasse ich mich also wieder in das distanzierte Schweigen treiben, und das Verstummen. Die erweckte Intensität aber kann nicht gelöscht werden, und ein Funken, egal, aus welcher Richtung, kann aus dem schwelenden Feuer einen Großbrand entfachen.

Die Frau aus Amerika

Diese Frau aus Amerika heiratete einen Mann aus unserem Dorf, verließ ihr Land und kam hierher, um mit ihm zusammenzuleben. Sie schlug ein wie eine Lawine. Die Leute sind in zwei Lager gespalten. Die einen empfinden eine faszinierte Zuneigung, die anderen fürchten das Neue. Das Schreckliche ist, daß die, die sich fürchten, immer in der Mehrheit sind. Die Frau und ihr Mann und ihre Kinder müssen sich selbst genügen, weil sie alles anders machen als die Leute hier. Das Schrecklichste von allem ist die Tatsache, daß sie einander wirklich lieben, und der Mann mühelos und natürlich nur Augen für seine Frau hat. Mit dieser Leistung ist er allen Männern hier um siebzig Jahre voraus.

Wir sind so sonderbare Leute hier im Süden Afrikas. Wir kennen alle Formen der Unterdrückung und sind unterwürfig. Uns fehlt die Vitalität, das Vorwärtsdrängen, das Zum-Teufel-damit-Temperament der Menschen im Norden Afrikas. Sie tun alles zuerst, wir folgen ihnen. Wir werden immer die Anhänger sein, nie die Initiatoren. Wir sind sehr materialistisch eingestellt, und ich glaube, das trägt zu unserer Furcht bei. Menschen, die Kleinigkeiten horten, können nichts rauswerfen und Raum schaffen, um somit den Fluß des Wohlstands in Bewegung zu halten. Im Grunde sind wir gemein, egoistisch. Wir fressen uns gegenseitig auf, und Gott sei dem armen Botswana am Ende gnädig.

In diese enge, begrenzte Welt traf dann die Frau aus Amerika ein. Manche hoffen immer noch, daß sie eines

Tages wieder verschwinden wird, doch sie hat mit ihren ausholenden, festen Schritten die Wege im Dorf bereits ausgetreten. Sie mischt sich überall ein, denn sie ist eine Frau, entschlossen und unbeirrbar. Was die Sache noch komplizierter macht, ist, daß sie aus dem Westen Amerikas kommt, irgendwo in der Nähe Kaliforniens. Aus den Gesprächen schließe ich, daß die Menschen aus dem Westen merkwürdiger sind als die meisten Menschen. Sie müssen die seltsam selbstbewußtesten Menschen auf der Welt sein; zumindest ist diese Frau aus dem Westen der seltsam selbstbewußteste Mensch, den ich je gesehen habe. Alle Gegenströmungen der Erde scheinen sich in ihr zu treffen und sich zu einer erstaunlichen Harmonie zu vermischen. Sie besteht aus einer großen Prise Afrika, einer Prise Deutschland, ein wenig Cherokee und der Himmel weiß was sonst. Ihre Füße sind groß, und ihr Körper ist lang und aufrecht und stark wie ein Bergbaum. Ihr Hals streckt sich nach oben, und ihre dichten, schwarzen Haare wirbeln an ihrem Rücken herunter wie ein wild peitschender Strom. Ihre Augen aber verstehe ich nicht, nur daß sie groß, schwarz und erstaunt aussehen wie die einer freien Antilope, die dem Wind entgegenrennt. Oft legt sich der Schatten eines tiefen, grübelnden Blicks über sie.

Ich brauchte eine Menge Mut, um mich mit einer solchen Frau anzufreunden. Wie alle anderen hier bin ich zaghaft und schüchtern. Die Autorität, alles schüchtert mich ein. Nicht, weil ich es so mag, sondern weil die Autorität mit dem Gewicht der Jahrhunderte das Leben erdrückt. Es ist schrecklich, sich dann mit einer Frau zu befreunden, die die Autorität niederbrüllt. Ihre lautstarken Auseinandersetzungen mit der Autorität sind der Schreck und die Sensation des Dorfes. So weit sind wir gekommen. Entweder ist die Frau unvernünftig, oder die Autorität ist unvernünftig, und alle würden insgeheim gern zugeben, daß die Autoritäten unvernünftig sind. Tatsächlich aber lautet die Regel: Wenn die Autorität dich nicht leiden kann, bist du der Außenseiter, und die Menschen haben mit dir nur am Rande zu tun. Versuche also immer, der Autorität zu gefallen, um des Friedens willen.

Es war jedoch unvermeidlich, daß diese Frau und ich Freundinnen wurden. Mich quält eine überwältigende Neugier, die ich nicht beherrschen kann. Fast einen Monat lang ging ich an ihrem Haus vorbei, aber man überfällt die Leute nicht einfach so. Dann bekam ihr Hund eines Tages Junge, und mein kleiner Sohn rannte auf ihren Hof hinter einem der kleinen Hunde her, und ich rannte hinter ihm her. Dann wurde ihm ein Hund geschenkt, und man mußte sich über das Hündchen unterhalten und über die Hitze der Wüste und den Zustand der Welt, und das Ergebnis meiner Neugier ist eine Wohlstandslawine in meinem Leben. Meine kleine Hütte steckt voller kurzer Mitteilungen, die in einer weiten, krakeligen Handschrift geschrieben wurden. Ich hebe sie alle auf, denn sie sind ein Ausdruck menschlicher Großzügigkeit und des lauten, unbeschwerten Lachens einer Frau, die ebensoviel zu tun hat wie alle anderen Frauen auf der Welt mit Dingen, mit denen sich Frauen immer beschäftigen – einem Mann, Kindern, einem Heim. Etwa so:

Hast du eine Zwiebel für mich? Es ist sehr still hier heute morgen, und ich bin ganz erschöpft, nachdem ich den Hof saubergemacht und gefegt, die Decken geschüttelt, gekocht, Wasser geholt und die Kinder gebadet habe, und ich muß noch den Boden im Haus fegen, das Geschirr spülen und mich selbst baden – es hört nie auf!

Oder so: Kannst du mir, nur bis morgen, eine Zwiebel leihen? Wenn ja, wär ich dir dankbar. Ich versuche, etwas mit diesen fürchterlichen Bohnen anzufangen, habe aber keine Gewürze oder Kräuter mehr. Eine Nachbarin hat uns gestern abend Spinat gebracht, wir sind also im grünen Bereich. Ich muß heute einen Berg Wäsche waschen und bügeln.

Oder: Ich schicke die Kinder zu dir, brauche zehn Minuten Ruhe, um mein Gleichgewicht wiederzufinden. Sieht aus, als könnte es später regnen. Schick sie bitte sofort zurück, damit sie nicht draußen davon überrascht werden. Hast du was zu lesen bei dir? Ich könnte leichte Unterhaltung gebrauchen.

Und, sehr typisch: Was für ein hektischer Morgen! Erst schrieb ich in aller Eile ein paar Briefe, um sie dir herüberzuschicken, damit du sie für mich bei der Post einsteckst. Dann fing es leicht zu regnen an, und ich erinnerte mich, daß du keinen Regenmantel hast, also wollte ich selbst rüberflitzen mit den Briefen und dem Postfachschlüssel. Als ich gerade vor die Tür trat, bekam ich Besuch, und der löste das Briefproblem, aber ich weiß immer noch nicht, ob Post für mich angekommen ist. Ich habe meinen PF-Schlüssel verloren! Ist er den Kindern vielleicht aus der Tasche gefallen, mit der sie gestern bei dir spielten?

Oder mein Sohn hat wieder einmal Husten, und ich rechne, wie immer, mit dem Schlimmsten:

Was soll das, Keuchhusten? Wer hat diese Diganose gestellt? Sagtest du nicht, er hätte alle Spritzen und Impfungen bekommen? DPT braucht erst wiederholt zu werden, wenn er fünf Jahre alt ist. Diphteria-Pertussis (Keuchhusten)-Tetanus ist eine der zuverlässigsten Impfungen, glaub mir, meine drei und ich hatten rauhe und trockene Husten, und es war ganz bestimmt kein Keuchhusten. Laß dich von Dr. Spock hier beruhigen!

Manchmal werden die Gespräche auch ganz wirr, und die afrikanische Nacht kriecht heran, und die Kerzen sind nicht angezündet worden, und das Gespräch wird noch wirrer, intensiv; und die Kinder schlafen auf dem Boden ein, von allem benommen. Am nächsten Tag wird mir, höchst verärgert, ein Buch vor die Füße geworfen! »Das ist C. P. Snow. Lies das, verdammt! Und vertreibt ein wenig von dem Nebel in eurem Schädel.«

Verwirrt bin ich auch von Mister C. P. Snow. Wo fange ich in dieser Welt aus Lehmhütten an, die Nutzen der Elektronik für die Industrie, atomare Energie und Automatisierung zu verstehen? Was ist eine Werkzeugmaschine, fragt er. Was sind die Zwei Kulturen und die Wissenschaftliche Revolution? Seine Argumente klingen kurios für eine Frau, die nicht einmal auf einem Kulturbein steht. Und doch wieder nicht, denn sogar in einem Buschdorf in Afrika beginnt man, das Ziehen und Zerren am Spinnennetz des Lebens wahrzunehmen. Könnte Mister Snow oder sonst jemand mir bitte schriftlich erklären, was eine Werkzeugmaschine ist? Ich wüßte es gern. Meine Adresse lautet: Serowe, Bechuanaland, Afrika.

Das Problem mit der Frau aus Amerika ist, daß die Menschen sich lieber von ihr fernhalten, denn sie ahnen, daß ihre Welt erschreckend anders ist als ihre eigene. Doch sie ist ein neuer Typ Amerikanerin und wird wahrscheinlich sogar ein neuer Typ Afrikanerin werden. Es gibt hier niemanden, der sie nicht bewundert – um eine Welt mit Hähnchen, Hamburger, Fernsehen, Rolltreppen und sonst was zu verlassen und in eine Lehmhütte auf dem Dorf zu ziehen, zu einem so harten Leben, wo man sich nicht mehr als gemahlene Hirse und gekochtes Fleisch leisten kann. Manchmal kann man sich nicht einmal das leisten. Jeden Eimer Wasser mußt du dir aus meilenweiter Entfernung holen und ihn auf dem Kopf nach Hause tragen. Und das alles mit einem lautschallenden und einladenden Lachen tun!

Afrika bedeutet den schwarzen Menschen in Amerika viel, und sie ist freiwillig hergekommen, um dieser Liebe und Zuneigung Ausdruck zu geben. Sie sorgt dafür, daß wir nur noch staunen über ein Land, das Menschen hervorbringt, die, von außen wie innen, vom Wind der Freiheit bewegt werden. Eines aber muß ich klar sagen. Sie ist anders, denn sie nahm sich beharrlich das, was Amerika schwarzen Menschen nicht geben will. Vor einiger Zeit waren welche bei uns, die vom Außenministerium hergeschickt wurden. Sie waren zwar sehr aufgeschlossen und fröhlich, auf unschuldige Fragen aber antworteten sie stets: »Wir können nicht über die Regierung sprechen. Das ist Politik. Wir reden nicht über Politik.« Warum kamen sie her, wenn sie solche Angst haben vor dem, was die amerikanische Regierung davon hält, was sie in Afrika denken oder sagen? Warum haben sie solche Angst? Für sie lebt Afrika nicht. Das scheint mir eine Geldverschwendung auf seiten des Außenministeriums zu sein. Es kommt mir merkwürdig vor, daß Leute zu Partnerschaftsprojekten geschickt werden, die solche Angst haben und vor dem geringsten Schatten davonlaufen. Warum haben sie solche Angst vor der Regierung Amerikas, einer freien und demokratischen Regierung? Hier haben alle Angst vor der Autorität, und keiner gibt etwas anderes vor. Die schwarzen Menschen, die vom Außenministerium hergeschickt werden, sind in eine tiefe und beschämende Scheinheiligkeit verwickelt. Das ist ein Jammer, denn es wirkt sich destruktiv auf sie aus, und verletzt uns.

Die Frau aus Amerika liebt beides, Afrika und Amerika, unabhängig voneinander. Sie nimmt sich von beiden, was sie will, und sagt: »Verdammt!« Es ist nicht leicht, das zu tun.

Chief Sekoto hält Gericht

Selbst diejenigen, die keinen Chief leiden konnten, mußten zugeben, daß der oberste Chief Sekoto ein charmanter Mann war. Sein Charme beruhte weniger auf seiner äußeren Erscheinung als auf seiner sehr heiteren Lebenseinstellung. Tatsächlich liebte er die Sonnenseite des Lebens so sehr, daß er geneigt war, jeden trübsinnigen, pessimistischen Menschen für wahnsinnig zu halten, und sich alle Mühe gab, den Kontakt mit ihm zu vermeiden. Er war davon überzeugt, daß er sich mit einer schlagfertigen Antwort vor Gottes Zorn schützte und daß das Öl der Vernunft alle trüben Wogen glättete.

Unter der Woche führte Chief Sekoto morgens die Verhandlungen in seinem Gericht, während er sich nachmittags seiner Freizeitgestaltung widmete, es sei denn, es hatte jemand einen Gesprächstermin mit ihm vereinbart. An jenem Montagmorgen spielte sich gerade ein lebhaftes und lautstarkes Verfahren ab, als Chief Sekoto aus den Augenwinkeln beobachtete, wie sein Bruder Matenge herangefahren kam und seinen Wagen vor dem offenen Platz parkte, auf dem das Gericht stattfand. Nichts konnte Chief Sekoto so aufregen wie ein Besuch seines Bruders, den er schon längst als einen zum wahnsinnigen Teil der Menschheit Gehörenden eingeordnet hatte. Er entschloß sich, die Verhandlung so lange wie möglich hinauszuzögern, in der Hoffnung, daß sein Bruder sich langweilen und wegfahren würde. So wandte er dem vorliegenden Fall seine volle Aufmerksamkeit zu.

Der Fall war aus einem abgelegenen Dorf namens Bodibeng vor Gericht gebracht worden, und es ging so lautstark zu, weil das gesamte Dorf Bodibeng gekommen war, um die Verhandlungen zu verfolgen. Eine alte Frau aus dem Dorf, Mma-Baloi genannt, wurde der Hexerei beschuldigt. Die Menschen von Bodibeng waren sich Mma-Balois Schuld so sicher, daß sie sich häufig vergaßen und in lautes Geschwätz ausbrachen und zur Ordnung gerufen werden mußten vom Gerichtspräsidenten, der ihnen Geldstrafen androhte.

Die Beweisführung bestand darin, daß Mma-Baloi immer schon ein rätselhaftes und geheimnisvolles Leben geführt hatte, abgelegen von den anderen Dorfbewohnern. Außerdem pflegte sie bei sich zu Hause Fremde aus weit entfernten Orten zu empfangen, die keine Auskunft darüber erteilen wollten, was sie mit Mma-Baloi zu tun hatten. Nun, seit geraumer Zeit, waren eine gewisse Anzahl der Kinder im Dorf plötzlich gestorben, und jedesmal, wenn eine Mutter aufstand, um diesen plötzlichen Tod zu beschreiben, brüllte die Menge vor Zorn, denn der plötzliche Tod der Kinder und die bösen Machenschaften von Mma-Baloi waren in ihren Köpfen ein und dasselbe. Die Angeklagte, Mma-Baloi, saß ein Stück abseits der Dorfbewohner – ein bebendes, aschfahles, zerknittertes Bündel –, und jedesmal, wenn die Dorfbewohner brüllten, schien sie in der Erde versinken zu wollen. Als er das bemerkte, wurde Chief Sekotos freundliches Herz von Mitleid gepackt.

Des weiteren wurde ausgesagt, daß eine fremde junge Frau vor etwa einer Woche im Dorf Bodibeng aufgetaucht und direkt zu Mma-Balois Hütte gegangen war, wo sie plötzlich starb. Daraufhin war Mma-Baloi schreiend aus ihrer Hütte gerannt, und nur das Einschreiten der Polizei hatte Mma-Baloi davor bewahrt, von den Dorfbewohnern gelyncht zu werden.

Chief Sekoto schwieg eine Zeitlang. Der Wahnsinn der Menschen erstaunte ihn immer wieder. Schließlich wandte er sich der Angeklagten zu und sagte ruhig: »Nun, Mutter, was können Sie zu Ihrer Verteidigung sagen?«

»Sir, ich bin keine Hexe«, sagte die bebende alte Stimme. »Auch wenn man mich Mutter der Hexen nennt, ich bin keine Hexe. Vor langer Zeit lernte ich von den Menschen, die im Busch leben, wie Krankheiten mit Kräutern zu heilen sind, und das ist mein Geschäft.«

Sie wies mit zitterndem Finger auf einen Beutel, der neben ihr lag.

»Ich möchte den Inhalt des Beutels sehen«, sagte Chief Sekoto mit sichtbarem Interesse. Der Beutel wurde ihm gebracht und sein Inhalt auf dem Boden ausgeleert. Er bestand aus vielerlei getrockneten Blättern, Wurzeln und Beeren. Er prüfte sie gelassen und nahm ein paar Kräuter in die Hand, um sie genauer zu betrachten. Diese sehr betonte Geste sollte die Selbstsicherheit der Menge, die ihn ärgerte, ins Wanken bringen. Während er sich Zeit ließ, bemerkte er, daß sie still und aufmerksam geworden waren, daß sie jede Bewegung seiner Hand mit ihren Augen verfolgten. So hielt er die Spannung aufrecht, wandte sich der alten Frau zu und sagte: »Fahren Sie in Ihrer Verteidigung fort, Mutter.«

»Über den Tod der Kinder, dessen ich beschuldigt werde, weiß ich nichts, Sir«, sagte sie. »Und die junge Frau, die am vergangenen Samstag bei mir zu Hause starb – ich bin unschuldig. Ich war dieser jungen Frau empfohlen worden, weil sie schwer krank war. Wir sprachen gerade über ihr Leiden, als sie umfiel und starb. So etwas ist mir noch nie passiert, und deswegen verlor ich die Nerven und rannte aus dem Haus.«

»Das kann ich gut verstehen, Mutter«, sagte Chief Sekoto verständnisvoll. »Auch ich wäre zutiefst betroffen, wenn in meinem Haus ein Fremder zu Tode käme.«

Er ließ einen strengen Blick über die Menge schweifen. »Wer stellt die Totenscheine in Bodibeng aus?«

Es entstand eine kurze, unruhige Pause. Dann mußten ein Auto und ein Bote gesucht werden, um den Arzt am Krankenhaus von Bodibeng abzuholen. Es dauerte zwei Stunden, bis der Arzt kam, weil er gerade eine Operation durchführte. Während der langen Wartezeit vertagte sich das Gericht nicht. Irgendwann erhielt Chief Sekoto eine ungeduldig klingende Mitteilung: »Lieber Bruder«, hieß es. »Hast du ein paar Minuten Zeit, um eine wichtige Angelegenheit zu besprechen?«

Chief Sekoto antwortete: »Geht es um Leben oder Tod? Ich bin im Moment mit dem Leben oder dem Tod einer alten Frau beschäftigt. Ich kann hier nicht weg.«

Es war fast Mittag, als der Arzt eintraf. Seine Aussage war knapp und präzise. Ja, es sei wahr, sagte er. Es hätte im Dorf Bodibeng eine überraschende Anzahl von Sterbefällen unter Kindern gegeben, und in jedem Fall sei die Todesursache Lungenentzündung gewesen. Und ja, sagte er, er hätte die Obduktion der toten jungen Frau am vergangenen Samstagnachmittag durchgeführt. Die junge Frau sei an einer Infektion der Gebärmutter gestorben, da sie mit einem spitzen, nicht sterilisierten Instrument eine Abtreibung herbeigeführt hätte. Er würde sagen, die Gebärmutter sei seit etwa drei Monaten entzündet gewesen.

Nun konnte Chief Sekoto nichts anderes mehr tun, als in dem Verfahren das Urteil zu fällen. Und das tat er streng, und er richtete sich zu seiner vollen Größe auf.

»Bewohner von Bodibeng«, sagte er. »Ich glaube, ihr leidet alle an einer geistigen Verwirrung.«

Eine längere Pause gab den Dorfbewohnern die Gelegenheit, einander beunruhigt anzuschauen.

»Eure Kinder sterben an Lungenentzündung«, donnerte er, »und um euch selbst gegen Vorwürfe zu schützen, beschuldigt ihr eine arme alte Frau, die Kinder durch Hexerei in den Tod getrieben zu haben. Und nicht nur das. Ihr beschuldigt sie fälschlicherweise einer weiteren, sehr ernsten Straftat, die mit dem Tode gesühnt wird. Wie lange schon plant ihr den Tod einer armen alten Frau, geistesverwirrte Bewohner von Bodibeng? Wie lange schon habt ihr sie in äußerster Qual, Unsicherheit und Angst leben lassen? Ich sage euch: Bellen Hunde ewig? O nein, Bewohner von Bodibeng, heute werdet ihr zahlen für die Beine der alten Mutter, die vor eurem Bellen davonlaufen mußte. Ich sage euch: Der Fehler liegt bei euch allen, und deswegen bezahlt jeder Haushalt in Bodibeng mit einem Rind. Mit dem Erlös aus dem Verkauf der Tiere wird jeder Haushalt warme Kleidung für seine Kinder kaufen, damit sie nicht mehr an Lungenentzündung sterben müssen.«

Er wandte sich um, und sein Gesichtsausdruck wurde freundlich, als er die alte Frau ansah: »Und nun zu Ihnen, Mutter«, sagte er. »Ich kann nicht zulassen, daß Sie zurückkehren und unter den Bewohnern von Bodibeng leben. Die Bewohner von Bodibeng empfinden für Sie nichts als Haß, und das hat sie den Verstand verlieren lassen. Da Haß niemals stirbt, kann man nicht wissen, welch üble Taten noch gegen Sie ausgeheckt werden. Ich habe ein großes Haus, und ich lade Sie herzlich ein, seinen Schutz zu genießen. Zudem leide ich an einer Krankheit, für die ich im Krankenhaus regelmäßig Penizillinspritzen bekomme. Ich bin diese Penizillinspritzen leid, und vielleicht können Ihre guten Kräuter dazu verhelfen, mich von meinem Leiden zu heilen.«

Er stand auf und beendete die Verhandlung. Die Bewohner von Bodibeng verließen hastig und verwirrt den Gerichtsplatz, die alte Frau aber saß noch lange auf der Erde, und stille Tränen der Dankbarkeit tropften in ihren Schoß.

Eigentum

Er hatte für seine Frau zwölf Rinder gezahlt, und die Hochzeit war arrangiert worden von einem Onkel, einem älteren Bruder seiner Mutter. Sie hätte deswegen sein Eigentum sein sollen, etwas Unpersönliches, das angeschafft worden war, um seiner Mutter zu helfen beim Bestellen der Felder, Wasserholen am Fluß, Feuerholzsammeln und Essenkochen. Irgend etwas aber war nicht in Ordnung, und nach den ersten Wochen ihrer Ehe merkte das die junge Frau, und es beunruhigte sie.

Zwar erfüllte sie getreu alle Pflichten einer Ehefrau und war scheinbar von untertäniger, gefügiger Natur, so wie die Frauen ihres Standes sein sollten; in Wahrheit aber war sie so anziehend wie das hohe, kühle Gras, das sich im Sommerwind wiegt. Zumindest nahm der Mann sie auf diese Weise wahr, mit seinen verzauberten Augen. Für ihn waren die Menschen vielschichtig: Keineswegs waren sie so langweilig und prahlerisch, wie die traditionellen Trachten, die sie alle trugen; für Sekunden nur, und in dem Moment einer Krise enthüllten sie ihr wahres Ich: Manche waren hohe, eisige Berge, manche waren endlos weite Flächen, so weit reichten ihre Gedanken und so tief ging ihr Schmerz; manche waren starre, kahle Äste, die sich den Stürmen und kalten Zeiten des Lebens ewig beugten, und manche, wie seine Mutter, waren Sonnenuntergänge. Und da seine Frau jung war, konnte sie nicht verstecken, daß sie das Gras war, das sich im Sommerwind wiegt. Deswegen mußte er sie manchmal mit merkwürdiger Freude in den Augen und einem leisen Halblächeln auf den Lippen ansehen. Sie senkte dann ihren Blick vor Scham, weil sie es nicht verstand.

»Vielleicht habe ich einen Verrückten geheiratet«, dachte sie voller Angst und sehnte sich nach dem unbeschwerten Geplapper ihrer Schwestern.

Und sie wurde sich dessen im Laufe der Zeit immer sicherer. Eines Abends, als die beiden allein in ihrer Hütte waren, fragte der Mann zärtlich: »Bist du müde?«

Sie warf ihm einen schnellen, mißtrauischen Blick zu und beugte dann mit einer ebenso schnellen Bewegung den Kopf, wegen dieses Lächelns auf seinen Lippen und dieses beängstigenden Ausdrucks in seinen Augen, so als würde er schweigend um mehr als das vertraglich Erlaubte bitten. Kein Sklavenhalter fragt seinen gekauften Sklaven, ob der Sklave müde sei. Wenn dir etwas gehört, erwartest du, daß es das Haus blitzeblank putzt, und manchmal machst du dich über es her und versetzt ihm ein paar Schläge, damit es weiß, wohin es gehört – um deine männliche Dominanz zu betonen. Diese Schläge aber brachten der Familie des gekauften Sklaven einen Gewinn ein. Der Sklave eilte nach Hause, und die Bedingung für seine Rückkehr war, daß die Familie um ein Rind reicher wurde. Die junge Frau fragte sich, wie sie es schaffen könnte, den dafür notwendigen Streit zu provozieren mit diesem weichen, unmännlichen Mann. Und doch hatte die Art und Weise, wie er sie nachts liebte, nichts Unmännliches an sich, und diesen einzigen klaren, wenn auch unausgesprochenen Ausdruck seiner Liebe verwechselte sie, zu ihrem Leidwesen, mit dem falsch verstandenen Gefühl, daß er der Sklave ihres Körpers sei.

Es fand eine Veränderung statt. Es war die junge Frau, die den Haushalt nun zunehmend dominierte, denn sie verachtete ihren Ehemann und haßte ihre Schwiegermutter, die sie im stillen verantwortlich machte für die weiblichen Züge ihres Ehemannes, und es schien ihr, als gäbe es ein geheimnisvolles Einverständnis zwischen den beiden. Sie sahen sich so ähnlich. Sie lächelten ähnlich, und ein kurzer Blick zwischen ihnen genügte, um sich zu verständigen. Und tatsächlich, ganz anders als üblich, war der Mann fast ausschließlich im Einflußbereich seiner Mutter aufgewachsen. Die Männer seines Familienklans, die die Verantwortung für ihn hätten übernehmen sollen, nachdem sein Vater gestorben war, als er selbst kaum ein Jahr alt war, wurden leider ruhelos, und ihre Herzen zogen sie in die großen Städte Südafrikas. Und immer schickten sie ihren Familien Geld, um Rinder zu kaufen, und immer kamen sie dann in den Städten auf die eine oder andere Weise um. Und so war der Mann nach und nach einer der wenigen Besitzer einer riesigen Rinderherde geworden. Auf der anderen Seite hatte sich die Familie der jungen Ehefrau fest an die alten Traditionen ihres Stammes gehalten. Sie waren ein großer Klan mit wenigen Rindern, und sie empfanden große Freude und Habgier und Erleichterung, als eine von ihnen den reichsten Mann am Ort heiratete.

Die Habgier ihres Klans ließ die junge Ehefrau in ihrem Verhalten ein wenig unbedacht werden. Sie gewöhnte sich einen stolzen Gang an, und um ihre Lippen spielte häufig ein verächtliches Lächeln. Der Mutter fielen diese Dinge bald auf, und obwohl sie ihren Sohn oft besorgt ansah, sagte sie nichts. Der Sohn war unterdessen immer noch gefangen von seiner Vision einer Frau, die so ging, wie sich das Gras im Sommerwind wiegt.

Doch sehr bald schon holte ihn ein bestimmtes Ereignis aus den Wolken. Eines Abends bemerkte er eine tiefe Schnittwunde am Arm seiner Frau, und als er sie auf seine seltsame, zärtliche Weise nach der Ursache fragte, brach sie in Gelächter aus. Er konnte die Verachtung in ihren Augen nicht übersehen, und ohne ein Wort zu sagen, stand er auf und verließ den Raum, um weder in jener Nacht noch in den folgenden drei Nächten zurückzukehren. Am vierten Tag ließ die junge Frau sich frustriert zu der Bemerkung herab, daß der Mann Trost bei seiner Mutter suche; woraufhin sich der Mann einen großen Stock suchte und sie damit schlug, woraufhin die junge Frau nach Hause eilte. Die Familie reagierte überglücklich. Die blauen Flecken und Schwellungen waren beträchtlich. Sie setzten drei Rinder als Wiedergutmachung fest.

Die Tage vergingen, und es traf keine Aufforderung zur Rückkehr der jungen Ehefrau ein. Die Freude der Familie verwandelte sich in Sorge, und es wurde ein Klan-Ältester ausgesandt, um herauszufinden, warum man nichts hörte.

»Sag ihnen, daß ich meine Frau nicht mehr brauche«, sagte der Mann.

Sorge verwandelte sich in Furcht, der Mann aber verschloß Augen und Ohren gegenüber ihren Bitten. Mit geschickter Überzeugungskraft näherte man sich seiner Mutter. Die junge Frau erwartete ein Baby. Wer weiß, es könnte ein Sohn sein, der den Familiennamen weitergibt. Und so überredete die Mutter ihren Sohn dazu, seine Frau zurückzunehmen. In ihrer Erleichterung vergaß die Familie der jungen Ehefrau, den Wiedergutmachungspreis von drei Rindern einzufordern.

Wieder an den Alltag gewöhnt, stellte die junge Frau fest, daß sich tatsächlich etwas geändert hatte. Der verzauberte

Blick und das Halblächeln waren aus dem Gesicht ihres Ehemannes verschwunden, und er war von den anderen Männern in seiner Umgebung nicht mehr zu unterscheiden. Endlich führten sie eine normale Ehe.

Kaum einen Monat später aber zog es den Mann aus dem Stammesgebiet in die Stadt, und es war kaum ein weiterer Monat vergangen, als die beiden Frauen hörten, daß der Mann in der Stadt umgekommen war.

Die beiden Frauen trauerten aber nicht lange, denn sechs Monate später wurde ein Sohn geboren, der das Ebenbild seines Vaters war. Sie nannten ihn Mbuya, was bedeutete: »Er kehrte zurück«. Die Frauen kamen einander sehr nahe. Das Kind war ihr ganzer Lebensinhalt, und es wuchs mit einem Übermaß an Mutterliebe und Liebkosungen auf. Da er die riesige Rinderherde erben würde, kümmerte sich keine der Frauen um seine Ausbildung. Der junge Mbuya holte das Versäumte auf unerwartete Weise nach, als er vierzehn Jahre alt wurde.

Sein Geburtstag war auch der Familiengedenktag für seinen toten Vater, und seine Mutter bat ihn früh an jenem Morgen, eine Ziege zu ihrem Elternhaus zu bringen, wo das Fest stattfinden sollte. Als er die Ziege dort ablieferte, befahl seine Großmutter zwei seiner Cousinen, ihm eine Tasse Tee zu holen. Die Cousinen waren in der Stadt zur Schule gegangen und wurden gerade zu Lehrerinnen ausgebildet. Das hatte sie arrogant werden lassen, und als sich die Großmutter außer Hörweite befand, machte eine Cousine eine Bemerkung, die den Jungen so verletzte, daß er beinahe auf der Stelle ohnmächtig geworden wäre.

»Mhm«, sagte sie. »Ich verstehe wirklich nicht, warum die alte Hexe uns befiehlt, einer so ungebildeten Person eine Tasse Tee zu holen. Eigentlich müßte er uns bedienen. Wahrscheinlich sollen wir ihn wegen seines Reichtums schätzen.«

Er rief stumm: »Hört auf, ihr verletzt mich.«

Doch sie plapperten ungerührt weiter.

»Ja«, sagte die andere. »Wir sollten so schnell wie möglich in die zivilisierte Welt zurückkehren.«

Und sie drehten sich beide um und warfen dem Jungen einen gemeinen Blick zu, mit dem sie unterstrichen, was sie davon hielten, ungebildeten Personen eine Tasse Tee zu holen.

Bei der nächsten Gelegenheit erzählte der Junge seiner Mutter von seinen neuen Plänen.

»Ich werde in die Schule gehen«, sagte er.

Sie öffnete erstaunt die Augen.

»Warum?« fragte sie. »Eines Tages wirst du der reichste Mann im Bezirk sein, und hast du schon einmal von einem reichen Mann gehört, der eine Schulbildung braucht? Bildung brauchen nur diejenigen, die arbeiten müssen.«

»Tatsächlich?« sagte er. »Nun, dann werde ich die Rinder alle schlachten.«

Seine Mutter erinnerte sich an etliche erschreckende Erlebnisse mit dem starrsinnigen und trotzigen Geist, der in ihm steckte. In ihrer Verzweiflung wandte sie sich an die Mutter seines Vaters. Die Großmutter senkte den Blick, um ihre Freude zu verstecken: »Der Geist meines Sohnes steckt tatsächlich in dem Jungen«, dachte sie. Laut sagte sie: »Du mußt den Jungen zur Schule in die Stadt bringen.«

Ihr Familienklan setzte sich mit aller Kraft zur Wehr. Sie betrachteten den Jungen und die Rinder als ihr Eigentum, und sie fürchteten die Folgen seiner Schulbildung. Er sollte sich vor allem an die Traditionen halten, bis, durch irgendein Gesetz der Schwerkraft, dieser gewaltige Reichtum in ihre Hände fiel, oh, vielleicht wenn die Mutter seines Vaters starb. Der Junge aber drohte seiner Mutter immer noch heimlich, alle Rinder zu schlachten. Sie wußte, daß er seine Drohungen ausführen würde. Es steckte etwas in ihm, das zu allem fähig war.

An dem Tag, an dem sie sich auf den Weg in die Stadt machten, schwor sich der Junge: »Ich werde nie wieder zurückkehren.«

Er fing ganz unten an und war sechsundzwanzig Jahre alt, bis er die Schule beendet hatte. Was nun? Und während er innehielt, um darüber nachzudenken, zogen gewisse Ereignisse in der Stadt seine Aufmerksamkeit auf sich. Eines davon war die Politik, und da er sich der Politik ebenso aufmerksam zuwandte wie der Schule, wurde er bald für zwei Jahre ins Gefängnis gesteckt. Nach seiner Entlassung aus dem Gefängnis wurde er zu einem jener Afrikaner gemacht, die sich nicht dazu eigneten, in der Stadt zu leben, und er erhielt einen Bannbefehl, der bestimmte, daß er sich nur in seinem Stammesgebiet aufhalten durfte.

Am Tage seiner Heimkehr sah der junge Mann Mbuya, daß sich eine riesige Menge von Tanten, Onkel und anderen auf dem Hof der Familie seiner Mutter versammelt hatte. Bald sagte seine Mutter: »Sie bitten um deine Aufmerksamkeit, mein Sohn.«

Dann sprach einer der Klan-Ältesten: »Ich möchte mich im Namen der Familie erkundigen, ob mit dir etwas nicht in Ordnung ist, mein Sohn.«

Der junge Mann sah sich mißtrauisch um. Er wußte nicht genau, was sie wollten, und war sich vor allem der

Notwendigkeit bewußt, in wenigen Tagen fliehen zu müssen. »Mit mir ist alles in Ordnung, Onkel«, sagte er.

»Es freut uns, das zu hören, mein Sohn«, sagte der Älteste. »Nun, da du gesund und kräftig bist, möchten wir uns weiterhin erkundigen, warum du nicht verheiratet bist.«

»Dazu hatte ich keine Zeit«, sagte er überrascht und vorsichtig.

»Damit haben wir gerechnet, mein Sohn«, fuhr der Älteste fort. »Deswegen haben wir dir eine passende Ehefrau ausgesucht. Wir waren uns alle einig, daß wir dich verlieren werden, wenn du nicht heiratest.«

Der junge Mann schwieg eine Weile. Dann sagte er: »Ich hoffe, daß sich ein anderer findet, der sich des armen Mädchens annimmt, denn ich kann es nicht tun.«

»Erkläre dich bitte«, sagte der Älteste.

»Ich habe eine andere Vorstellung von meiner zukünftigen Ehefrau«, sagte er. »Erstens werde ich sie mir selbst aussuchen. Zweitens wird meine Frau nicht mein Eigentum sein. Ich werde sie nicht kaufen, damit sie die Sklavin im Hause meiner Mutter wird. Sie wird niemals einen Topf Wasser auf ihrem Kopf tragen, und sie wird niemals Feuerholz im Busch sammeln gehen. Und im übrigen könnt ihr mit den Rindern, die mir gehören, machen, was ihr wollt.«

Für kurze Zeit herrschte ein verblüfftes Schweigen. Die Frauen hoben zu einem fürchterlichen Wehklagen an. Er ließ einen kühlen Blick über die Versammelten schweifen. Es war ihm egal. Es war ihm wirklich egal, und er empfand eine Distanz, als hätte noch nie jemand zu ihm gehört. Was ihn aber überraschte, war der Ausdruck im Gesicht der Mutter seines Vaters. Sogar während der Ansprache des Ältesten hatte sie ihr Lächeln nicht verbergen können:

»Erklär uns, Älteste Schwester, die Mentalität dieses Kindes«, sagte der Älteste.

»Er neigt dazu, zu wissen, was er will«, sagte sie. »Die Jüngere Schwester und ich waren oft erstaunt darüber, daß er ein Mensch ist, dessen Worte und Taten übereinstimmen. Deswegen haben wir jede Einmischung in sein Leben vermieden. Ich bin sehr dafür, daß ihr, was die angestrebte Hochzeit angeht, nichts übereilt, denn wir würden der jungen Frau tatsächlich Schwierigkeiten bereiten.«

Und der junge Mann war sich seiner Unhöflichkeit nicht bewußt. Er mußte sich um seine Fluchtpläne kümmern. Die Diskussion schien kein Ende zu nehmen. Er stand abrupt auf und sah die Versammelten an, geistesabwesend, kühl. Er lächelte sogar, vielleicht weil er sich ein Leben vorstellen konnte, das sie niemals kennen würden. Nur seine Mutter erkannte sie, diesen verzauberten Blick und das Halblächeln, die sie so geängstigt hatten, als sie eine Frau war, die ging, wie sich das Gras im Sommerwind wiegt.

Machtkampf

Das Universum träumte einen schöneren Traum. Es handelte sich dabei nicht um die Gesetze des Dschungels und um das Überleben der Stärkeren, sondern um einen Traum, der für die Heiligen meist das höchste Ziel darstellte – die Macht, das Böse bedeutungslos werden zu lassen. Alle Menschen im südlichen Afrika lebten bis zum Anbruch des kolonialen Zeitalters mit diesem Traum. Immer wieder erleuchtete sein Lichtstrahl ihre Angelegenheiten, auch wenn die gleichen Muster des Grauens wiederholt wie finstere, verschlingende Wellen über das Land rollten.

Es war, als entwickelten sich unter den Menschen, wenn sie eine Zeitlang in friedlicher Gemeinschaft zusammen gelebt hatten, die unerträglichsten Feindseligkeiten aufgrund von Machtkämpfen, Rivalitäten und Eifersüchteleien. Nicht alle Geschichten waren spannend und in sich schlüssig; sie waren oft sehr direkt und brutal, beinahe, als wollte die Finsternis die Finsternis vernichten, und kein Herrscher blieb davon verschont. Es war dieser leidenschaftliche Hunger nach Macht, dem die Menschen häufig auswichen, und so entstand eine verworrene Geschichte aus Stammeswanderungen und Migration. Wenn alles vorbei war, blieb oft nur ein Baum, ein Flußufer, ein Hügel oder ein Berg als Erinnerung an den Aufenthaltsort eines Stammes zurück.

Da gab es zwei Brüder des Tlabina-Stammes, Davhana und Baeli. Aus verschiedenen Gründen war Davhana zum Herrschen bestimmt. Er war der geborene Erbe der Krone, und in Anerkennung dessen hatte der alte Chief, ihr Vater, als seine Gesundheit anfing, nachzulassen, Davhana das heilige Regenwerkzeug übergeben – ein Symbol seiner Bestimmung. Davhana war jedoch auch eine erschreckend starke Persönlichkeit und hatte strahlende schwarze Augen. Er war von der ruhelosen Schönheit der sich bewegenden Erde umgeben, und er konnte so lange und so laut lachen, daß sich sein Lachen anhörte wie der Wind, der über die weiten Ebenen rauscht. Er war groß, sein Körper war stark, und seine Bewegungen fließend und flink. Die Leute sprachen ihn humorvoll mit den offiziellen und oft bedeutungslosen Titeln an, die nur dem König zustanden – »Der Schöne« oder »Großer Löwe« –, aber im Gegensatz zu vielen anderen Königen verdiente Davhana diese aufgrund seiner lebhaften Persönlichkeit. Trotzdem war ihm die Thronfolge nicht sicher, und sein Schicksal sollte eine unvorhersehbare Wendung nehmen.

Sie nahmen an der Begräbniszeremonie für ihren Vater teil, als sein Bruder Baeli plötzlich zum erstenmal nach dem Thron griff. Als Nachfolger seines Vaters war es Davhanas Recht, die erste Schaufel Erde in sein Grab zu werfen. Gleichzeitig bestätigte er mit dieser Geste der versammelten Menge, daß er der neue Herrscher war. Davhana hatte seine Schaufel schon erhoben, als sich sein jüngerer Bruder Baeli unerwartet vor ihn drängte und zuerst eine Schaufel Erde in das Grab warf. Der ältere Bruder trat sofort einen Schritt zurück, die Schaufel ruhig an seiner Seite. Er warf seinen Kopf ungeduldig zurück, starrte zum Horizont und verzog verächtlich den Mund. Der jüngere Bruder richtete sich gelassen auf. Auch er blickte in die Ferne, mit einem Lächeln auf den Lippen und einem bedrohlichen Blick in den Augen. Die Geste kam so unerwartet, daß die versammelte Menge instinktiv zurückwich und ein unterdrückter Ausruf des Entsetzens sie durchfuhr. Unter den Anwesenden gab es niemanden, der nicht verstanden hatte, daß der Kampf um die Erbfolge eröffnet worden war.

Am Anfang war das Volk nicht direkt von diesem Kampf betroffen. Der Machtkampf würde sich im engen Kreis der Verwandten und Ratgeber abspielen. Die meisten Menschen hielten ihn für einen rein sachlichen Prozeß – das, was sie respektierten, war nicht der Chief als Person, sondern die Position, die er innehatte. Und doch schien das ein Widerspruch in sich zu sein. Es waren wahrhaft leidenschaftliche Männer, die um die Position kämpften, und wenn einer mit bösen Absichten den Thron eroberte, litten die Menschen. Man verfügte über vielerlei zynische Einstellungen, um das Geschehen zu verhüllen. Eine Einstellung hieß: »Wir verehren alle Söhne des Chiefs, denn es ist unklar, welcher von ihnen der neue Chief wird ... « Wenn sich die Lage zuspitzte, erinnerten sich plötzlich viele Männer daran, daß sie ihre Rinder noch nicht gebranntmarkt und ihre alltäglichen Aufgaben noch nicht erledigt hatten.

Die beiden jungen, leidenschaftlichen Männer entfernten sich von der Begräbniszeremonie und gingen ein ganzes Stück nebeneinander her; Davhana hielt entschieden Schritt mit seinem Bruder.

»Baeli«, fragte er ihn dann direkt. »Warum hast du die erste Schaufel Erde auf Vaters Grab geworfen? Es war meine rechtmäßige Pflicht. Du hast mich vor all den Leuten blamiert! Warum hast du das getan?«

Sein ganzer Körper wartete gespannt auf die Antwort seines Bruders, doch es kam keine Antwort – nur ihre gleichmäßigen Schritte waren in der Stille zu hören. Davhana sah das Gesicht seines Bruders von der Seite an. Baelis Blick war nach vorn gerichtet; das Lächeln lag noch auf seinen Lippen, und seine Augen wirkten kalt. Hatten sie auf so unerwartete Weise plötzlich erkannt, daß sie einander völlig fremd waren? Vor einem Tag noch hatten sie ihre Jugend miteinander geteilt, waren zusammen auf die Jagd gegangen, hatten anscheinend über dieselben Witze gelacht. Davhana allein spürte den Schmerz. Sein Wesen strahlte nach außen, strebte stets nach Freundschaft und Liebe. Das Wesen seines Bruders wandte sich nach innen auf einen finsteren Sog zu. Er merkte, daß er in diesen Sog mit hineingezogen wurde, drehte sich instinktiv um und ging in seine eigene Richtung davon.

Davhana ging weiter, bis er einen offenen Platz hinter dem Dorf erreichte. Es wurde Abend. Die Nacht war warm. Ein voller, gelber Mond stieg über einem kleinen Hügel in der Ferne auf. Es herrschte eine zutiefst ruhige und stille Atmosphäre. Das gedämpfte Zirpen der Insekten im Gras klang friedlich und süß. Der junge Mann setzte sich auf die Erde, und sehr bald war er in Gedanken versunken. Ab und zu seufzte er tief, als stünde er selbst vor einer Weggabelung, als sammelte er die zusammenhanglosen Bruchstücke seines jugendlichen Lebens ein. Er hatte mit der rücksichtslosen Großzügigkeit seiner Persönlichkeit gelebt, und in seiner Vergangenheit gab es nichts, was einen Höhepunkt darzustellen schien. Er hatte gelebt, getanzt, gegessen und gesungen und die Vergnügungen des Augenblicks in vollen Zügen genossen. Die Ereignisse des Tages warfen einen dunklen Schatten über ihn.

Leise sich nähernde Schritte rissen ihn aus seinen Träumereien. Im Mondlicht erkannte er die Figur eines Stammesältesten. Davhana wandte ihm sein Gesicht mit dem strahlenden Blick zu und forderte den alten Mann auf, sich zu ihm zu setzen. Der alte Mann hockte sich neben den zurückgelehnten Davhana auf den Boden und starrte eine Weile scheinbar unbeteiligt auf den kleinen Hügel, hinter dem der Mond aufgegangen war.

»Sind es deine Gedanken, die dich betrüben, du Schöner?« fragte der alte Mann schließlich. »Ich habe lange hier gestanden und dich seufzen und seufzen gehört.«

»O nein, Onkel«, sagte der junge Mann mit einem heftigen Kopfschütteln. »Nichts betrübt mich. Vielleicht seufze ich, weil ich wohl meine sorglose Jugend bald verlieren werde.«

Der Ältere pflückte ein paar Grashalme und starrte weiter auf den Hügel in der Ferne.

»Alle haben heute die schreckliche Tat deines Bruder miterlebt«, sagte er. »Es war ein schrecklicher Verstoß gegen die Höflichkeit, und einige von uns fragen sich, was dahintersteckt.«

Der junge Mann verzog noch einmal verächtlich den Mund, als wäre es unter seiner Würde, Habsucht und Ehrgeiz zu erkennen.

»Baeli hatte immer schon merkwürdige Neigungen«, sagte er. »Aber als meinen Bruder mochte ich ihn.«

Der alte Mann schwieg eine Weile. Als er sprach, klang seine Stimme so süß und friedlich wie das gedämpfte Zirpen der Insekten im Gras.

»Ich bin zu dir gekommen, weil ich dir etwas über das Leben mitteilen möchte«, sagte er. »Die Leute haben nie zuvor ein Geschenk wie dich erhalten, du Schöner, und sie freuen sich auf deine Herrschaft, weil sie glauben, daß eine Zeit des Wohlstands und Friedens vor ihnen liegt. Jahrelang hast du mit ihnen gelebt, und dein Verhalten war gut für sie. Wenn jemand seinen Hof aufbaut, hältst du an, um die Sparren zu befestigen, und die Jagdbeute teilst du großzügig mit deinen Männern, ohne je einen übermäßigen Anteil zu verlangen. Du verbreitest überall, wo du dich aufhältst, Freude und Lachen. Die Menschen erkennen diese Eigenschaften. Es sind die natürlichen Gaben eines guten Menschen. Doch ebendiese Gaben können einen Herrscher in Schwierigkeiten bringen. Der Herrscher muß die dunklen Seiten der menschlichen Natur kennen und wissen, daß die Dunkelheit zu den Menschen gehört. Es gibt viele Menschen, die ohne solche Gaben geboren wurden, und das stört sie. Sie können keinen inneren Frieden finden, und wenn ihre Eifersucht erst einmal geweckt ist, sind sie zu fürchterlichen Taten fähig ...«

Der alte Mann zögerte und wußte nicht genau, wie er seine Sorgen und Ängste vermitteln sollte. Der Herrscher konnte den Tag seiner Amtseinführung nur dann ohne Blutvergießen erleben, wenn kein anderes Familienmitglied seine eigenen Ambitionen öffentlich bekanntgegeben hatte. Baeli hatte seine Ambitionen öffentlich bekanntgegeben, und eine kleine Prise seines Gifts reichte aus, um widernatürliche Verhaltensweisen auszulösen. In ihrer Geschichte hatten sich einige schreckliche Dinge ereignet. Sie waren von Verrückten und Geistesgestörten aller Art regiert worden, die sich gegenseitig vergiftet und ermordet hatten. Sein eigener Großvater war von seinem Bruder vergiftet worden, der dann wieder von einem anderen Bruder ermordet wurde. Nicht einmal die Herrschaft von Davhanas Vater war verschont geblieben – es standen einige

Morde im Schatten der friedlichen und langen Regentschaft seines Vaters.

»Du wirst die Regeln des Lebens bald erkennen, du Schöner«, sagte der alte Mann leise. »Du wirst töten müssen oder getötet werden.«

Der junge Mann antwortete nicht darauf. Der alte Mann saß im hellen Mondlicht, und das gedämpfte Zirpen der Insekten im Gras klang friedlich und süß.

Der Kampf, der sich zwischen Davhana und seinem Bruder entwickelte, war so subtil, daß es schwierig wurde, damit umzugehen. Er spielte sich ab, während die Männer beisammensaßen und sich über die Themen des Tages berieten. In jeder dieser Debatten gab es eine Situation, in der Baeli alle Aufmerksamkeit auf sich konzentrierte und sein Bruder Davhana dadurch unwichtig wurde. Baeli mischte sich in das Gespräch ein, wenn sein Bruder gerade etwas gesagt hatte und seine Frage oder Aussage auf eine Antwort wartend in der Luft schwebte, Baeli schritt dann ein und lenkte die Gedanken der Männer in eine ganz neue Richtung, wodurch das gerade Gesagte völlig bedeutungslos schien. Dieses Spiel begann einigen Männern Freude zu bereiten, und Davhana verlor täglich ein Stück seines Einflusses auf sie. Er weigerte sich, seine Macht im richtigen Moment unter Beweis zu stellen, und ließ zu, daß ihm die Führung des Gesprächs entglitt. Er erlaubte sich keine Gegen-Intrige, als das Lachen der Männer bewies, daß sein Bruder und sie gegen ihn intrigierten.

Als sie sich auf der dunklen Seite des Mondes befanden, spielte sich ein schreckliches Massaker ab. Davhana allein entkam mit seinem Leben und floh in die dunkle Nacht hinein. Er hatte an der rechten Schulter eine Wunde, wo ein Speer ihn getroffen hatte, während er in seiner Hütte lag und schlief. Er wußte nicht, wer ihn hatte erstechen wollen, doch in dem nächtlichen Gedränge des Kampfes hatte er sich von den Händen, die nach ihm griffen, losgerissen und war entkommen.

Während seiner Flucht durch die dunkle Nacht machte Davhana einmal eine Pause und dachte über sein Schicksal nach. Es schien immer noch zusammenhanglos und bruchstückhaft zu sein, doch die unbekümmerte Schönheit seiner Jugend legte sich wie ein beschützender Mantel um ihn. Wenn Macht der unbeirrbare und dämonisch starre Blick seines Bruders war, dann wollte er keinen Anteil daran haben. Nichts hatte ihn so gelähmt, frustriert und wütend gemacht wie dieser starre Blick.

»Er kann sich nehmen, was er will«, dachte Davhana. »Ich werde nicht zurückkehren. Ich möchte leben.«

Für sich wählte er in jener Nacht das Leben eines Menschen, der einen Zufluchtsort suchen und finden würde, und so setzte er seine Flucht in die Nacht fort.

Die Menschen des Tlabina-Klans erwachten am folgenden Morgen unter einer neuen Führungsmacht. Sie hatten einen Mörder als Herrscher. Baeli hatte alle erschlagen, die ihm Widerstand geleistet hätten, und so kam zunächst einmal keiner in die Versuchung, sich ihm zu widersetzen. Das Amtseinführungsritual lief nach den offiziellen Regeln ab. Als Baeli erschien, wurde er mit jubelnder Ehrfurcht begrüßt, und alle Anwesenden verbeugten sich tief vor ihm. Es wurden die üblichen Reden über das unantastbare Amt des Königs gehalten.

Nachdem drei Vollmonde gekommen und gegangen waren, hörten die Menschen, daß ihr Herrscher Davhana wohlauf und gesund war und Zuflucht bei dem einflußreichen Pedi-Klan gefunden hatte. Die Menschen des Tlabina-Klans verließen nach und nach ihre ehemalige Heimat, mal in größeren, mal in kleineren Mengen, bis Baeli allein übrigblieb. Ob die wilden Hunde ihn fraßen, wer weiß?

Über einen Machtkampf wurde zu jenen Zeiten überall gesprochen, und viele Aspekte des Gesprächs wurden von würdigen Königen wie Davhana berührt. Es war alles andere als ein sachlicher Prozeß, denn lebendige Menschen setzten das Gespräch immer wieder in Bewegung. So wurden sie dazu gezwungen, bedachtsam zwischen Gut und Böse zu unterscheiden. Diese ungewöhnlich schöne Philosophie war wie ein Faden fest mit der Geschichte des Landes verwoben, und die Geschichten wurden so oft wiederholt, bis sie zu der einzigen Geschichte wurden, die die Menschen kannten.

Seit dem Anbruch des kolonialen Zeitalters wurden diese Geschichten verschwiegen. Eine neue Macht regierte das Leben. Die Könige der Menschen gerieten schnell in Vergessenheit und wurden zum Mythos der Vergangenheit. Man brauchte nicht mehr zwischen Gut und Böse zu unterscheiden. Es gab nur noch Ausbeutung und Sklaverei.

Das Zeitalter der Dunkelheit

Der kleine Hügel lag ein paar hundert Meter vom Dorf entfernt. Nur wenige hohe Bäume waren auf dem Hügel zu sehen. Im Licht eines frühen Sommermorgens paarten sich die Vögel in den Bäumen weiter und bereiteten ein Heim für ihre Jungen vor. Unermüdlich flogen sie hin und her, paarten sich leicht und taumelnd auf hauchdünnen Ästen, plusterten die Federn auf und schlugen Saltos, während sie ihre Nester aus langen, grünen Halmen webten. Hin und wieder gönnten sie sich eine Pause und ruhten sich starräugig und abwesend auf den Ästen aus. Oder sie zwitscherten plötzlich. Die Anwesenheit eines schweigenden Mannes unter einem der hohen Bäume störte sie nicht. Er ähnelte ihnen sogar ein wenig, ein Familienvater, der sich gepaart und ein Heim für seine Jungen vorbereitet hatte.

Eine lange Nacht hatte der schweigende Mann mit quälenden Gedanken verbracht. Ihn verwirrte der Schmerz eines Menschen, dem alles genommen wurde, und er saß viele Stunden da und blickte auf das Land und die Hütten, das Leben dort unten. Er war ausgestoßen worden und mit seinem Schmerz allein. Schließlich stand er, unsicher und schwankend, auf und drehte sich aus der Rinde der Bäume einen langen Strick.

Bis zum Jahr 1823 regierte Chief Motswasele II. den Bakwena-Stamm, und während seiner Herrschaft, die sich über viele Jahre erstreckte, verfiel das Volk in ein Zeitalter der Dunkelheit. Auch wenn die Menschen immer bereit waren, dem Herrscher ihre Achtung zu erweisen, war die

Tradition des Regierens und ihre traditionelle Beziehung zum Volk heilig. Man ging davon aus, daß ein Herrscher nur existierte, weil es ein Volk zu regieren gab. Er konnte nicht alleine regieren, sondern mußte dem Volk die Regierungsangelegenheiten vorlegen; ohne öffentliche Gespräche mit dem Volk gab es keine Regierung. Und so war ein riesiges Mosaik aus Regierungen entstanden, dessen Ursprünge sich in der Zeit verloren, und das dafür sorgte, daß die gesamte Gesellschaft zu Debattierenden wurde. Doch die Beziehung zwischen den Regierten und dem Regenten reichte weiter. Sie glich der eines Vaters, der einer riesigen Familie mit vielen Problemen vorstand, so daß der Chief eigentlich mit einem Herzen geboren sein mußte, das blutet, oder sich eines im Laufe der Zeit erfinden mußte, denn es wurden ihm alle menschlichen Probleme und Schwierigkeiten vorgelegt.

Chief Motswasele kehrte diese Ordnung um. Während seiner Herrschaft hörten die Menschen auf zu existieren, und seine wahnsinnigen Taten waren allem anderen übergeordnet. Er nahm sich die Frauen von anderen Männern und erlaubte das auch seinen Höflingen, die keine Strafe oder Sühne zu befürchten hatten. Er bereicherte sich freizügig an den Rindern und anderen Besitztümern seines Volkes, und aufgrund seiner abweichenden Aktivitäten mußte er viele Menschen zum Tode verurteilen.

Es war, als hätte er zu Beginn seiner Herrschaft aus der Tradition des Regierens ein Lippenbekenntnis gemacht, denn das Zeitalter des Leidens war bereits angebrochen, als die Menschen merkten, daß sie hoffnungslos mißachtet wurden. Seine Art zu herrschen war den Menschen selten begegnet und daher erst einmal ein Phänomen, mit dem sie unmöglich umgehen konnten.

Es war so unmöglich, mit ihm umzugehen, weil sich die Menschen zum einen – gemäß der Tradition – als Eigentum des Chiefs betrachteten; zum anderen hatte sich das Unaussprechliche unbemerkt zwischen sie geschlichen. Beinahe alle Chiefs waren von denselben Übeln befallen gewesen wie Motswasele, doch sie begingen ihre üblen Taten verdeckt und im geheimen. Motswasele verübte dagegen seine üblen Taten ganz offen. Im Laufe der Jahre war er den Menschen verhaßt geworden und, wie es seinem Typ entsprach, lag immer ein zynisches Lächeln auf seinem Gesicht. Proteste gegen ihn wurden im Dorf nur leise geflüstert.

Es war ein wahnsinniges Dorf voller Hysterie und Furcht. Für eine lange Zeit hatten sich die Menschen mit vielerlei Lachen und Hysterie getäuscht, um mit dem Unaussprechlichen leben zu können. Sie hatten gelernt, die Augen und Ohren vor so manchem zu verschließen: Wer war ermordet worden? Wessen Eigentum beschlagnahmt? Wessen Familie entehrt? Sie wußten es nicht, denn ein unvorsichtiger Blick oder ein unvorsichtiges Wort hatte häufig zur Todesstrafe geführt.

Am Anfang sah es so aus, als würden der Tod des Mannes Leungo und der seiner Frau Keeme in dem alltäglichen Grauen, mit dem sie lebten, untergehen. Die Geschichte entwickelte sich nach dem bekannten Muster; leise flüsterte man über den Moment, da Leungos Frau vom Chief angesprochen wurde. Sie wußten, daß Leungo mit einer Gruppe von Männern auf die Jagd gegangen und nicht zu Hause war.

Sie wußten, daß sich seine beunruhigte Familie bemüht hatte, ihn durch einen Boten vor der Heimkehr zu warnen.

Sie wußten, daß der geheimnisvolle Bote auch angesprochen und bedroht wurde und daß es niemanden gab, der dem Mann früh genug sagte, daß man in sein Heim eingedrungen war. Sie wußten, daß er an jenem Abend spät nach Hause kam und sich leise von den anderen Jägern trennte. Sie wußten, daß seine Frau seine Schritte gehört hatte und daß ein ängstlicher, hilfloser Schrei durch die stille Nacht hallte: »Du kannst nicht reinkommen! Der Chief ist hier!«

Sie wußten, daß er mit einem erhobenen Fuß vorsichtig innehielt und sich ebenso vorsichtig von seinem Heim zurückzog. Viele Männer kannten die Geschichte bis zu diesem Moment gut. Sie wußten, daß der Chief in dem Augenblick ein immenses Vergnügen verspürte, wie ein kranker Mensch. Eine Frau war für ihn nur begehrenswert, wenn sie einem anderen Mann gehörte. Das war der Moment, an dem andere Männer aus dem Dorf verschwanden. Es gab viele andere Dörfer, die nicht allzuweit entfernt lagen, und sie verschwanden dorthin, und so geriet ihre Existenz in stille Vergessenheit.

Der Mann Leungo zog sich nicht weit, sondern nur ein paar hundert Meter aus dem Dorf zurück. Als es am nächsten Morgen aufwachte, wußte das ganze Dorf von dem schweigenden Mann auf dem Hügel. Nach einem kurzen, überraschten Blick drehten sich alle um und kümmerten sich um ihre eigenen Angelegenheiten. Den Spaß hatten der Chief und seine Höflinge. Was wollte der Mann? Forderte er sie heraus?

Es war ein junger Hirte, der an dem Nervensystem des Dorfes zerrte. An jenem Tag zog er an dem frühen Abend sorglos mit seiner Ziegenherde am kleinen Hügel mit den wenigen hohen Bäumen vorbei, blickte auf und sah den

Mann Leungo dort hängen. Selbstmord war damals keine übliche Todesart, und beim Anblick des toten Mannes, so verlassen und allein, verlor der kleine Junge fast den Verstand. Erst ging er laut weinend durch das Dorf. Als die Leute ihn abfingen und versuchten, ihn zu beruhigen, wurde er rasend vor Hysterie. Es dauerte Stunden, bis er sich faßte.

Dann folgte eine Tragödie auf die andere. Im Dorf wurde berichtet, daß sich auch die Frau von Leungo erhängt hätte. Dann verschwand der Rest seiner Familie einfach über Nacht; keiner wußte, wie. Am Morgen war von der Tragödie nichts mehr zu sehen: die Leichen waren längst beseitigt worden. Zurück blieben nur der leere Hof und die Tiere, denen sich der Chief und seine Höflinge annahmen.

Ein wütendes Flüstern ging durch das Dorf: »Während wir letzte Nacht schliefen, ging der Hexer seinem täglichen Geschäft nach ...«

Ab diesem Moment verwandelten sich die Blicke der Männer in ein hartes, leeres und ausdrucksloses Starren, eine Wand, hinter der alles verborgen lag, und Gedanken, Gefühle wurden nicht mehr mitgeteilt, sondern waren nur noch streng privat. Und doch konnte das harte leere Starren in Sekundenschnelle zu einem Blick freundlicher Ruhe und Gelassenheit werden. Ein sonderbarer Dialog setzte im Dorf ein. Es wurden keine Namen erwähnt, und doch entwickelte sich ein klarer Dialog aus knappen Worten und Gesten. Es wurden außergewöhnliche Aussagen über Frieden und Zärtlichkeit gemacht.

In ihrer Eile, die Leiche zu beseitigen, hatten die Henker des Chiefs Leungos Jagdbeutel vergessen, der unter dem hohen Baum lag. Er wurde dort gefunden und heimlich ins Dorf zurückgetragen. Die Männer benahmen sich, als würden sie selbst keine Jagdbeutel besitzen. Der Inhalt von Leungos Beutel wurde zärtlich betrachtet und berührt. Er bestand aus Trockenfleisch, Wildfrüchten und Beeren. Wochenlang wurde der Beutel von einem Mann zum anderen gereicht, und wochenlang war das Ansehen von Leungos Familie ihr liebstes Gesprächsthema.

Auch wenn die Menschen einen gemeinschaftlichen Traum lebten, besaß jede Familie ihren eigenen guten Ruf. Manche waren bekannt für gutes Essen und Bier, andere für besondere Gerbverfahren und Lederarbeiten, manche für reiche Getreideernten, und wieder andere waren vor allem für ihre menschlichen Qualitäten bekannt. Das Heim des Mannes Leungo und seiner Frau Keeme stand für Frieden, Ordnung und Wärme. Da sie sich in ihrem Heim so wohl fühlten, hatten der Mann und die Frau oft einen abwesenden Ausdruck in den Augen gehabt. Sie hatten sich nicht mehr gewünscht als das, was sie ihr eigen nannten. Die Leute wußten genau, warum der Mann nicht in ein anderes Dorf geflohen war. Der Mann war in seinem Heim glücklich gewesen und wollte lieber sterben, als sich davon trennen zu müssen.

Sie waren wie Steine, die zerstreut worden waren, und langsam taten sie sich zusammen. Die Steine, die zerstreut lagen, hatten keine Kraft. Sie begannen sich nach einem neuen Herrscher umzuschauen; ein gewisses Ziel hatte in ihren Köpfen Gestalt angenommen. Es gab zwei einflußreiche Männer im Dorf, einer war Segokotlo und der andere Moruakgomo. Segokotlo war der jüngere Bruder Motswaseles, und Moruakgomo war der Sohn des Herrschers

Tshosa, der den Stamm regiert hatte, als Motswasele selbst zum Regieren noch zu jung war. Moruakgomo wurde von allen bevorzugt, denn er hatte eine große und starke Statur und eine laute, klare Stimme. Sehr bald wurde er in die nächtlichen Konspirationen und die sonderbaren Dialoge mit einbezogen.

»Nach unserem Brauch«, fragten die Männer geheimnisvoll, »wer ist es, der zuletzt ißt?« – »Es ist der Vater der Familie, der zuletzt ißt«, antwortete Moruakgomo. »Er ißt zuletzt, weil er sich um das Wohlergehen der anderen kümmert.« – »Einen Vogel mit langen Krallen kann man nicht essen«, sagten die Männer und gaben ihm leise ein weiteres Rätsel auf. Richtig gedeutet hieß es, daß sich die Menschen mit Motswasele nicht mehr arrangieren wollten.

Und so steigerte sich der sonderbare Dialog bis zu dem Moment, in dem klar war, daß sich das Volk auf unerfreuliche Weise von Motswasele befreien wollte. Erst widersetzte sich Moruakgomo der Idee und unterbrach die heimlichen Machenschaften mit einer klaren Aussage. »Es ist nicht unser Brauch, einen Chief zu töten«, sagte er. »Der Schakal ändert seine Gangart nicht«, sagten sie und deuteten damit an, daß ihre Meinungen und Entscheidung endgültig waren.

Es gab keinen bekannten Fall von einem Chief, der ermordet worden war. Und wenn es damals oder danach je geschah, war es ein höchst seltenes Ereignis; die Gesellschaft war zu ausgeglichen und moralisch. Doch als Zeit und Ort stimmten, erklärte sich Moruakgomo mit den geheimen Plänen einverstanden.

Motswasele war unterdessen über die wahre Stimmung seines Volkes hinweggetäuscht worden. Das Dorf schien ruhiger als sonst, und es herrschte eine friedliche und freundliche Atmosphäre. Eines Tages ließ er verkünden, daß sich die Truppen auf einen Krieg vorbereiten und sich an einem bestimmten Tag vor dem Dorf versammeln sollten. Die Männer reagierten eifrig. Sie waren alle bereit, sich mit ihren Waffen vor dem Dorf zu treffen und auf die Kriegsanweisungen zu warten.

Der Krieg war auch ein Grund, weshalb die Leute Motswasele haßten. In den zwanzig Jahren seiner Herrschaft hatte er ihren Stamm entwürdigt. Er hatte seine Truppen gegen den Kgalagadi-Stamm Krieg führen lassen, der arm war und keine Rinder besaß. Er hatte sie Schlachten schlagen lassen gegen Stämme, die schwächer waren als sie, und er hatte in ihrem Gebiet für andauernde Unruhen und Aufstände gesorgt.

Deswegen versammelten sich die Männer mehr als bereitwillig an dem bestimmten Tag auf dem Platz vor dem Dorf. Mit geduldigen Mienen hörten sie Motswasele zu, als er ihnen die bevorstehende Kriegführung erklärte. Dann war es Moruakgomos Pflicht, aufzustehen und mit einem Lobesgedicht die Männer mit lauter und klarer Stimme zur Schlacht aufzurufen. Laut und klar war seine Stimme, doch es stimmte etwas nicht mit dem Lobesgedicht. Es war kein lobendes Gedicht. Es war ein verdammendes. Es begann …

»Der Chief, der sich rüstet, muß gut sein, gerüstet mit guten Händen …«

Das Gedicht zählte auf bedrohliche Weise die vielen üblen Taten Motswaseles auf, die entwürdigenden Kriege, die Entehrungen der Familien, das wahllose Rauben ihrer Rinder und ihres Eigentums. Es kam so unerwartet, daß

Motswasele eine Weile brauchte, bis er seine Lage erkannte. Dann richtete er langsam seinen Blick auf. Seine Augen weiteten sich vor Furcht, als er die Männer versammelt vor sich sitzen sah. Er öffnete den Mund und rang leise nach Atem. Und so starb er, mit weit aufgerissenen, zu Tode erschrockenen Augen. Denn die Männer erhoben sich und, anstatt in den Krieg zu ziehen, gingen sie auf ihn zu und stießen ihm, einer nach dem anderen, ihren Speer in den Leib.

Als es vollbracht war, setzten sie sich in die Nähe des Tatortes, öffneten die Tabakhörner und teilten sich mit ihren Freunden eine Prise. Sie gönnten sich eine Pause und ruhten sich starräugig und abwesend aus. Es war nur eine kurze Pause, denn damals entwickelte sich die Geschichte der Menschen durch Aufruhr und Blutvergießen. Kurz darauf sollte sich der Stamm nach der Schlacht, die sich Moruakgomo und Segokotlo um die Herrschaftsnachfolge lieferten, in alle vier Ecken der Erde zerstreuen.

Doch in dieser kurzen Pause war eine triumphierende Aussage gemacht worden – das Volk hatte immer eine bestimmende Rolle in den Regierungsangelegenheiten gespielt, das Volk hatte immer mit einem Schimmer von wahrer Demokratie gelebt.

Eine Liebesgeschichte

Die Liebesgeschichte begann im Sommer. Die Liebesgeschichte begann in jenen düsteren, dunklen Tagen, als junge Männer und Frauen keine Liebesgeschichten kannten. Es war ein Sommer, in dem es in Strömen regnete. Beinahe jeden Nachmittag rollten kurz vor Sonnenuntergang die schweren, regengefüllten Wolken in dichtgedrängten Massen über den Himmel, und dann plötzlich strömte der Regen, ohne lange Vorwarnung, in dichten Streifen herab.

Die jungen Frauen und kleinen Mädchen waren draußen im Busch und sammelten Holz, als sich an diesem Nachmittag die ersten warnenden Anzeichen von Regen am Himmel zeigten. Sie sammelten hastig ihre Holzbündel ein und machten sich eilig auf den Weg nach Hause, um dem drohenden Gewitter zu entkommen. Plötzlich blieb eine junge Frau mit schmerzverzerrtem Gesicht stehen. In der Eile war sie in einen großen Dorn getreten.

»Lauf weiter, Monosi!« rief sie dem kleinen Mädchen zu, das hinter ihr lief. »Ich muß mir diesen Dorn aus dem Fuß ziehen. Wenn der Regen schneller ist als ich, suche ich mir einen Schutz und komme heim, wenn es vorbei ist.«

Ohne einen Blick zurückzuwerfen, eilte das kleine Mädchen hinter den anderen rennenden Holzsammlerinnen her. Die junge Frau war ganz allein mit dem drohendem Gewitter. Sie mußte feststellen, daß sich der Dorn nicht leicht herausziehen ließ. Er war abgebrochen und tief in die Ferse eingedrungen. Ein paar Regentropfen klatschten auf ihren Rücken. Der Himmel verdunkelte sich.

Ängstlich sah sie sich nach dem nächstliegenden Schutz um und entdeckte zwischen den Felsen am Fuße eines nahen Hügels eine Höhle. Sie packte ihr Holzbündel und humpelte hastig dorthin, während die Regentropfen schneller und schneller herunterfielen. Sie hatte kaum die Höhle erreicht, als sich das Gewitter in einem heftigen Regenguß entlud. Ihre erste Sorge galt ihrem Schutz, doch einen Augenblick später setzte ihr Herz vor Furcht einen Schlag aus, denn sie bemerkte, daß sie nicht allein war. Die Wärme eines anderen menschlichen Wesens war in der Höhle zu spüren. Sie drehte sich schnell um und stand einem jungen Mann beinahe von Angesicht zu Angesicht gegenüber.

»Wir können uns hier beide vor dem Gewitter schützen«, sagte er mit ruhiger Autorität.

Sein Gesicht wirkte so freundlich und fürsorglich wie seine Worte. Beruhigt legte die junge Frau ihr Holzbündel in der geräumigen Höhle ab, und gemeinsam setzten sie sich an ihren Eingang. Das Rauschen des Regens war so ohrenbetäubend, daß sogar das Donnern gedämpft klang. Mit einer ruhigen, harmonischen Bewegung knotete der junge Mann einen Lederbeutel von seinem Gürtel los. Er hütete von morgens bis abends das Vieh, und um sich die langen Stunden zu vertreiben, beschäftigte er sich mit allerlei Lederarbeiten, fertigte aus unterschiedlichen Fellen allerlei Decken und Kleidungsstücke. Er hatte viele scharfe Instrumente in seinem Lederbeutel. Mit einer Geste zeigte er der jungen Frau, daß er den Dorn aus ihrem Fuß entfernen wollte. Sie streckte ihr Bein aus und hielt ihm ihren Fuß entgegen, und er beschäftigte sich eine Weile mit seiner Aufgabe, schabte vorsichtig an der Haut um den Dorn, bis er ihn gut genug fassen konnte, um ihn herauszuziehen.

Die junge Frau betrachtete sein Gesicht und wunderte sich, wie entspannt und wohl sie sich in seiner Gegenwart fühlte. In ihrer Welt lebten Männer und Frauen streng voneinander getrennt, besonders die jungen und unverheirateten. Dieses Gefühl der Distanz und des Getrenntseins änderte sich auch nicht zwischen Ehepartnern, und die Ehe an sich schien über die Verbindung zur Produktion von Kindern hinaus keine weitere Bedeutung zu haben. Die große Kluft zwischen den Geschlechtern machte sich auf der Ebene des persönlichen Kontakts peinlich bemerkbar; die jungen Männer ließen ihre Blicke häufig unsicher schweifen oder kicherten, wenn sie eine Frau sahen. Dieser junge Mann tat nichts dergleichen. Er hatte ihr direkt in die Augen geschaut, seine Bewegungen wirkten natürlich und ungezwungen. Und er sah gut aus. Sie dankte ihm mit einem Lächeln, als er den Dorn herausgezogen hatte, und zog ihren ausgestreckten Fuß wieder zurück. Das gewaltige Gewitter legte sich ein wenig, doch aus dem schweren, dunklen Himmel goß immer noch ein stetiger Regen.

Sie hatte den jungen Mann schon im Dorf gesehen; sie kannte seine verwandschaftlichen Verhältnisse ein bißchen.

»Bist du nicht der Sohn von Rra-Keaja?« fragte sie. Sie hatte eine heitere und unbeschwerte Stimme, ein Lachen klang darin mit, das ein klarer Ausdruck ihrer Persönlichkeit war. Am liebsten war sie glücklich.

»Ich bin der Keaja, nach dem er genannt wird«, antwortete der junge Mann mit einem Lächeln. »Ich bin der Erstgeborene in meiner Familie.«

»Ich bin auch die Erstgeborene in meiner Familie«, sagte sie. »Ich bin Tselane, die Tochter von Mma-Tselane.«

Seine Familienverhältnisse waren komplizierter als ihre. Sein Vater hatte drei Frauen. Die Erstgeborenen des ersten, zweiten und dritten Hauses waren alle Söhne. Insgesamt waren sie acht Kinder, drei Jungen und fünf Mädchen, erzählte er. Erst als das Gespräch ernster wurde, stellte Tselane fest, daß der junge Mann über vieles sprach, das sich ihrer Kenntnis bisher entzogen hatte. Er war der genaue Gegensatz der heiteren und unbeschwerten jungen Frau. Er sprach aus einem tiefen inneren Rhythmus heraus, als hätte er eine ganz eigene Sprache für sich erfunden. Er verfügte über eine große Auswahl an Ausdrücken und Gefühlen; mal leuchteten seine Augen humorvoll, mal waren sie völlig ruhig und ernst.

Wenn er redete, wiegte er sich dabei kaum wahrnehmbar. Er sprach, wie sie noch keinen Menschen hatte sprechen hören, und doch klang alles, was er sagte, einfach, direkt und geradeheraus. Sie beugte sich nach vorn und hörte seiner ungewöhnlichen Redeweise aufmerksamer zu.

»Ich mag meine Mutter nicht«, sagte er und schockierte sie. »Ich bin nur deswegen ihr einziger Sohn, weil mein Vater nicht mehr mit ihr schläft, seit ich geboren wurde. Mein Vater und ich sind uns ähnlich. Wir lassen uns nicht gern von jemandem beherrschen, und sie hat ihm das Leben zur Hölle gemacht, als sie jung verheiratet waren. Es war, als würde seit ihrer Geburt ein Wurm an ihrem Herzen nagen; sie gibt sich mit nichts zufrieden. Mein Vater konnte nur Herr der Lage werden, indem er sie völlig ignorierte ... «

Er schwieg eine Weile und dachte nach. »Ich glaube nicht, daß ich arrangierte Ehen richtig finde«, sagte er dann. »Mein Vater hätte sie nie geheiratet, wenn er selbst hätte wählen dürfen. Seine Familie präsentierte ihm einfach eines Tages diese Frau und erzählte ihm, daß sie heiraten würden, und er konnte nichts daran ändern.«

Er sprach nicht von dem Leid, das seine Mutter ihm zugefügt hatte. Sie haßte ihn zutiefst und bitterlich. Sie hatte mit Steinen nach ihm geworfen und ihn in ihrer hemmungslosen Frustration an Armen und Beinen gekratzt. Wie sein Vater ging er ihr aus dem Weg. Er war selten daheim und hielt sich meistens an einem Viehposten auf. Wenn er nach Hause kam, brachte er immer etwas mit, ein Kleidungsstück etwa oder eine Decke. An jenem Tag hatte er riesige Kalebasse mit Milch dabei.

Tselane war bis ins Innerste getroffen durch seine schonungslosen Enthüllungen. Ihr Leben richtete sich strikt nach den Traditionen, alle Kinder unterlagen der Kontrolle ihrer Eltern, bis sie heirateten, und deswegen war es tabu, über Ältere zu sprechen. Ihre impulsive, heitere Natur und ein leicht unbehagliches Gefühl ließen sie beinahe sagen, daß sie ihre Mutter mochte, daß ihre Mutter sehr nett sei. Doch auch in ihrer Familie gab es irgendein unterschwelliges Problem. Ihre Mutter und ihr Vater – und sie wußte es genau, weil sie die Einzelheiten des alltäglichen Lebens ihrer Mutter bestens kannte – schliefen auch schon seit Jahren nicht mehr miteinander. Vor ein paar Jahren hatte sich ihr Vater eine zweite Frau genommen. Sie war das einzige Kind ihrer Mutter. Oh, an der Oberfläche wirkte das Familienleben höflich und harmonisch, doch ihr Vater war selten zu Hause. Und wenn er da war, war er immer genervt und schlechtgelaunt.

»Es tut mir leid, daß ihr so viel Ärger bei euch zu Hause habt«, sagte sie endlich in einem leiseren, nachdenklicheren Ton. Sie war betroffen, weil sie so unerwartet mit ganz neuen Gedanken konfrontiert wurde.

Der junge Mann lächelte, drehte sich dann sehr betont zu ihr hin und starrte sie an. Sie hielt seinem Blick mit freundlichem Interesse stand. Es machte ihr nichts aus, daß er sie so aufmerksam musterte, das Zusammensein mit ihm war so leicht, seine Gesten so ungezwungen, ehrlich und offen.

»Findest du arrangierte Ehen richtig?« fragte er und lächelte immer noch.

»Ich habe über nichts nachgedacht«, antwortete sie wahrheitsgemäß.

Es wurde jetzt rasch dunkel. Der Regen war in leichtes Nieseln übergegangen. Tselane stand auf und nahm ihr Holzbündel. Der junge Mann nahm seine Kalebasse mit Milch. Sie waren kaum zu erkennen, als sie sich gemeinsam im Dunkeln auf den Heimweg machten. Tselane wohnte nicht sehr weit vom Hügel entfernt. Ihr Hof lag am äußersten westlichen Ende des Hügels, er wohnte am äußersten östlichen Ende.

Ein helles Feuer brannte in der Hütte, in der an Regentagen gekocht wurde. Tselanes Mutter saß vornüber gebeugt auf einem niedrigen Hocker und hörte ihrem Gast aufmerksam zu. So war es immer – ihre Mutter war ständig umgeben von Frauen, die sich ihr anvertrauten. Die ganze Geschichte des Lebens entfaltete sich tagtäglich um ihren Hocker; Kinder, die krank waren, Frauen, die gerade eine Fehlgeburt erlitten hatten, Frauen, die sich gegen Unfruchtbarkeit behandeln ließen – eine endlose Geschichte. Es bereitete Tselane großes Vergnügen, sich leise hinter den Hokker ihrer Mutter zu setzen und den endlosen Leidensgeschichten mit neugerig gespitzten Ohren zu lauschen.

Die Besucherin ihrer Mutter beschrieb gerade die Krankheitsgeschichte ihres Kindes – chronische Epilepsie, die anscheinend nicht zu heilen war. Das Kind schien Todesqualen zu erleiden, und die Mutter führte gerade einen seiner fürchterlichen Anfälle vor, als Tselane in die Hütte trat. Das Gespräch wurde nicht unterbrochen, und Tselane legte ihr Holzbündel leise in einer Ecke ab. Sie nahm ihren Lieblingsplatz hinter dem Hocker ihrer Mutter ein. Die zweite Frau ihres Vaters saß auf der gegenüberliegenden Seite des Feuers mit einem gefaßten und ernsten Gesichtsausdruck. Ihr Kind, das kleine Mädchen Monosi, lag gefüttert und versorgt in einer Ecke auf ihrer Matte und schlief fest.

Tselane liebte die beiden Frauen des Hauses gleichermaßen. Sie waren alle beide starke und unabhängige Frauen, und doch unterschieden sich ihre Persönlichkeiten sehr voneinander. Mma-Tselane war eine Königin, die ihr Königreich mit einem vagen Blick und einer distanzierten, geistesabwesenden Art beherrschte. In den Jahren ihrer Ehe hatte sie sich einen Lebensstil angeeignet, mit dem sie sehr zufrieden war. Es war allen bekannt, daß sie eine zarte Konstitution besaß, weil sie nach Tselanes Geburt mehrere Fehlgeburten erlitten hatte und keine weiteren Kinder bekommen konnte. Ihr Ehemann hatte keinerlei Verständnis für ihre empfindliche Gesundheit. Er hatte sie irgendwann ganz im Stich gelassen und sich Mma-Monosi als zweite Ehefrau genommen, mit dem Ziel, seinen Familienstamm und seinen Namen durch ihren gesunden Körper fortbestehen zu lassen.

Mma-Tselane hatte nichts dagegen. Sie war großzügig und tolerant, nannte sich aber, widersprüchlicherweise, eine pflichtbewußte Pflegerin der Traditionen, an die die Gemeinschaft sich hielt. Seit Mma-Monosi Teil der Familie geworden war, arbeitete Mma-Tselane nicht mehr, sondern empfing oder besuchte den ganzen Tag lang Leute. Mma-Monosi kümmerte sich allein um den Haushalt.

Die beiden Frauen ergänzten sich, denn wenn Mma-Tselane eine Königin war, dann war Mma-Monosi eine zurückhaltende Arbeiterin. Auf den ersten Blick schien Mma-Monosi genauso vernünftig und ausgeglichen zu sein wie Mma-Tselane, doch ihr seelisches Gleichgewicht war gefährdet. Mma-Monosi folgte einem unsicheren Weg durchs Leben. Wenn alles still und ruhig war, dann war auch Mma-Monosi still und ruhig. Wenn etwas aber in Unordnung und Unruhe geriet, dann reagierte das zarte innere Gleichgewicht von Mma-Monosi auf jede Welle und jeden Stoß. Sie hungerte nach Anerkennung und konnte sich tagelang nicht beruhigen, wenn sie kritisiert oder ermahnt wurde.

So hatten sich die beiden Frauen ein sehr harmonisches Zusammenleben geschaffen. Beide gingen in den vielen Beschäftigungen des alltäglichen Lebens völlig auf; beiden machte es nichts aus, daß sie vom Mann des Hauses kaum beachtet wurden, und Rra-Tselane kümmerte sich vor allem um seine eigenen Angelegenheiten. Er war ein angesehenes Mitglied des Dorfgerichts, in dem er den größten Teil seiner Zeit verbrachte; die übrige Zeit hielt er sich an seinem Viehposten auf. Er war reich, besaß viele Rinder und hatte Angestellte, die sich um seine Herden kümmerten. An dem Abend war er gerade an einem Viehposten.

Zwischen der Frau Mma-Monosi und dem jungen Mädchen Tselane bestand eine offene und herzliche Beziehung. Sie behandelten sich wie Gleichberechtigte, beide arbeiteten gern, und wenn sie allein waren, lachten und scherzten sie die ganze Zeit. Ihre eigene Mutter betrachtete Tselane als ein Objekt, dem sie mit gedämpfter Stimme und durch zusammengebissene Zähne Befehle erteilte. Sehr bald richtete Mma-Tselane sich auf ihrem Stuhl auf und sagte mit ihrer gedämpften Stimme: »Tselane, hol mir meinen Kräuterbeutel.«

Tselane stand gehorsam auf und ging zur Wohnhütte ihrer Mutter, um den Kräuterbeutel zu holen. Es folgte eine weitere Pause, in der ihre Mutter und die andere Frau über die Heilwirkungen der Kräuter sprachen. Dann trug Mma-Monosi das Abendessen auf. Kurz darauf verabschiedete sich die Besucherin, und Mma-Tselane versicherte ihr, daß sie sie am folgenden Tag besuchen würde. Dann saßen sie eine Weile in einvernehmlichem Schweigen beisammen. Als Mma-Tselane sah, daß das Feuer herunterbrannte, stand sie auf und suchte aus Tselanes Bündel ein paar Holzstücke aus, um das Feuer zu schüren.

»Äh, Tselane«, sagte sie, »dein Holz ist ja trocken. Wo hast du dich vor dem Gewitter geschützt?«

»Es gibt eine Höhle am Hügel hier in der Nähe, Mutter«, antwortete Tselane. »Da habe ich mich untergestellt.« Daß sie dort mit einem jungen Mann Schutz gesucht hatte, verschwieg sie lieber, denn darauf würden nur jede Menge unbequeme Fragen folgen.

Die Mutter warf ihrer Tochter einen vagen Blick zu, als wollte sie sagen, daß in ihrer Welt alles in Ordnung sei; sobald sie in einer Angelegenheit die simplen Tatsachen in Erfahrung gebracht hatte, wandte sie sich gelassen der nächsten Beschäftigung zu. Plötzlich sagte sie, sie sei müde und würde sich zurückziehen. Tselane und Mma-Monosi blieben am Feuer sitzen. Tselane war noch ganz angetan von der Begegnung mit dem jungen Mann; sie beschäftigte sich mit angenehmen Gedanken.

»Ich möchte dich etwas fragen, Mma-Monosi«, sagte sie aufgeregt.

»Was willst du denn wissen, mein Kind?« sagte Mma-Monosi, aus ihren Grübeleien gerissen.

»Findest du arrangierte Ehen richtig, Mma-Monosi?« fragte sie ernst.

Mma-Monosi hielt mit einem lauten und zischenden Geräusch den Atem an, dann dämpfte sie entsetzt ihre Stimme und sagte: »Tselane, du weißt ganz genau, daß ich deine Freundin bin, aber wenn jemand anders dich so reden hört, wirst du Ärger kriegen! Diese Dinge werden hier nicht diskutiert! Wie kommst du bloß auf so eine Idee, die mir völlig fremd ist.«

»Aber wenn man älter wird, muß man anfangen, die Dinge zu hinterfragen«, verteidigte sich Tselane.

»Genau das tut man nie und nimmer«, sagte Mma-Monosi streng. »Wenn du die Dinge hinterfragst, störst du sie. Sie haben immer recht.« Sie sah zutiefst schockiert und verstört aus. »Ich weiß, daß einmal etwas sehr Schlimmes passiert ist mit jemandem, der die Dinge hinterfragt hat«, fügte sie grimmig hinzu.

»Wer war das? Und was ist passiert?« fragte Tselane, nun auch verstört.

»Das kann ich dir nicht erzählen«, sagte Mma-Monosi bestimmt. »Es ist zu schlimm, um darüber zu sprechen.«

Mit einem grüblerischen Blick in den Augen versank Tselane in Schweigen. Sie verstand Mma-Monosi gut. Sie konnte kein Geheimnis bewahren. Es war leicht, sie dazu zu verführen, ein Geheimnis preiszugeben, wenn auch nicht heute, dann an einem anderen Tag. Sie entschied sich, herauszufinden, was geschehen war.

Als Keaja nach Hause kam, aß seine Familie gerade zu Abend. Er ging zuerst zu den Hütten der Frauen und gab ihnen die Kalebasse mit Milch.

»Viele von den Kühen bekommen jetzt Kälber«, erklärte er. »Wir haben reichlich Milch, und ich kann euch jeden Tag welche bringen.«

Die zweite und die dritte Frau seines Vaters begrüßten ihn freudig und fragten ihn aufgeregt nach dem Befinden ihrer Söhne, die mit ihm am Viehposten lebten.

»Es geht ihnen recht gut«, sagte er höflich. »Bevor ich wegging, habe ich zugesehen, daß sie und die Rinder alles haben, was sie brauchen. Ich werde morgen sehr früh wieder zurückgehen, denn ich mache mir Sorgen um die jungen Kälber.«

Er vermied den bitterbösen Blick seiner Mutter und ihre schmalen, beleidigten Lippen. Sie hatte ihm nie etwas zu sagen, obwohl er, als er sich der Hütte der Frauen näherte, ihre Stimme gehört hatte, die schrill und laut das Gespräch dominierte. Sie gaben ihm sein Abendessen, und er zog sich damit in die Hütte seines Vaters zurück. Dieser aß allein und nicht bei den Frauen. Ein helles Feuer brannte in der Hütte seines Vaters.

»Hallo, Vater-von-mir«, begrüßte sein Vater ihn mit einem Wortspiel seines Namens Keaja, der bedeutete, ich habe jetzt etwas zu essen, weil ich einen Sohn habe, der für mich sorgt.

Sein Vater hing an ihm. In seinen Augen gab es keinen besseren Sohn als Keaja. Nachdem sie sich ausführlich begrüßt hatten, fragte sein Vater: »Und was gibt es Neues?«

Er erzählte auch seinem Vater, daß die Kühe kalbten und sie viel Milch hätten; daß es seinen beiden anderen Söhnen recht gut ging. Dann aßen sie eine Weile in einvernehmlichem Schweigen. Die Stimme seiner Mutter klang schrill und laut durch die stille Nacht. Ganz unerwartet schaute sein Vater mit einem Zwinkern in den Augen auf und sagte: »Die zusätzlichen Kälber kommen zur rechten Zeit, Vater-von-mir. Ich habe gerade angefangen, deine Hochzeit zu arrangieren.«

Ein Schauer eisiger, kalter Angst schnürte Keaja beinahe das Herz ab.

»Wen soll ich denn heiraten, Vater?« fragte er beunruhigt.

»Ich kann dir den Namen der Familie noch nicht verraten«, antwortete sein Vater sorglos und bemerkte die Beunruhigung seines Sohnes nicht. »Ich habe gerade erst mit der Verhandlung angefangen, eine schwierige Phase.«

»Hast du dich in der Angelegenheit schon festgelegt, Vater?« fragte er mit einem scharfen, verärgerten Ton in der Stimme.

»Oh, ja«, antwortete sein Vater. »Ich habe ihnen mein Wort gegeben. Es ist nur so, daß es lange dauert, bis so etwas arrangiert ist, denn ich muß mich an viele Höflichkeitsregeln halten.«

»Wie lange?« fragte Keaja.

»Wahrscheinlich werden noch sechs neue Monde vergehen«, antwortete sein Vater. »Vielleicht dauert es auch länger. Das kann ich noch nicht genau sagen.«

»Ich könnte mir meine Ehefrau selbst aussuchen«, sagte der Sohn mit tödlichem Ernst. »Ich könnte mir selbst eine Ehefrau aussuchen und dir dann sagen, wer es ist.«

Sein Vater starrte ihn überrascht an.

»Du kannst nicht anders als alle anderen sein«, sagte er. »Ich muß ein schwacher Vater sein, daß du so mit mir zu sprechen wagst.«

Keaja senkte den Blick auf seinen Teller. Es gab keine Möglichkeit, gegen seine Gesellschaft zu protestieren, denn der einzelne wurde völlig erstickt durch die sozialen Gebote der Gemeinschaft. Er war ein junger Mann, der von seiner Sehnsucht und Leidenschaft besessen war; sein seelisches Gleichgewicht war so beschaffen, daß er entweder die völlige Isolation suchte oder echte Verbundenheit und Kommunikation, und wegen der trügerisch friedlichen Oberfläche seines Wesens, hatte man lange den Eindruck, daß bei ihm alles in Ordnung sei. Und sogar an jenem Abend hatte sein Vater Keajas Protest gegen eine arrangierte Ehe kaum gehört.

Sein Vater wußte, daß er seinen Sohn verwöhnte, daß sie offene und ehrliche Gespräche führten, die über das hinausgingen, was gesellschaftlich akzeptabel war; sogar dieses kurze Gespräch war mehr, als alle anderen Eltern ihren Kindern erlaubten. Sie arrangierten die Zukunft ihrer Kinder in allen Einzelheiten und informierten sie dann einfach an dem unheilvollen Tag, daß sie nun diese oder jene heiraten würden. Es hatte gar keinen Sinn zu sagen: »Vielleicht kann ich mit dieser oder jener nicht zusammenleben. Vielleicht paßt sie nicht zu mir«, und als Keaja deswegen schwieg, schmunzelte sein Vater nur und unterhielt sich mit ihm über Alltäglichkeiten.

Keaja war sicherlich im heiratsfähigen Alter. Im vorigen Jahr hatte er die Initiationsriten überstanden. Abgesehen von den Prüfungen, die sie während des Rituals bestehen mußten, wurden den jungen Männern in seiner Altersgruppe auch detaillierte Anweisungen zur sexuellen Beziehung zwischen Männern und Frauen gegeben. Sie war weder privat noch persönlich, sondern bestimmt durch zahllose gesellschaftliche Vorschriften und Tabus. Wenn er die Tabus auf persönlicher oder privater Ebene brach, würde seine Familie mit Tod, Krankheit und großem Unglück bestraft. Wenn er die Tabus auf gesellschaftlicher Ebene brach, würde die Gemeinschaft mit Tod und Katastrophen bestraft.

Es gab viele Phasen im Leben eines Mannes, in denen die Abstinenz von sexuellen Beziehungen erforderlich war; häufig mußte sich die gesamte Gemeinschaft in Abstinenz üben, wie etwa in der Zeit, bevor die Ernten eingebracht wurden, die dann erst am Tag des Erntedankfestes wieder aufgehoben wurde.

Die Vorschriften und Tabus galten für Männer und Frauen gleichermaßen, doch bei den Initiationsriten der Frauen, die auch Tselane im vorigen Jahr bestanden hatte, waren die Anweisungen viel komplizierter. Es galt ein zartes Gleichgewicht zu bewahren zwischen dem weiblichen Reproduktionszyklus einerseits und der Sicherheit in der Gemeinschaft andererseits; in beinahe jeder Lebensphase stellte die Frau eine potentielle Gefahr für die Gemeinschaft dar. Alle Frauen erhielten sorgfältige Anweisungen zu den Vorsichtsmaßnahmen, die eingehalten werden mußten während der Menstruation, Schwangerschaft und Geburt und bei einer eventuellen Fehlgeburt. Wenn sie diese Tabus nicht beachteten, schadeten sie dem Vieh, der Ernte und der Gemeinschaft.

Es war demnach offensichtlich, daß es in der Gemeinschaft keinen Platz gab für Leute, die sich von ihren Leidenschaften mitreißen ließen, und daß es eine logische Ordnung gab in den sorgfältig arrangierten, sterilen emotionalen und körperlichen Beziehungen zwischen Männern und

Frauen. Es gab keinen, der diese alte Ordnung der Dinge hinterfragte; falls es irgendwelche Menschen gab, die persönlich damit nicht glücklich wurden, wurde das erstickt und unterdrückt, und das Gemeinschaftsleben ging von Tag zu Tag friedlich und harmonisch weiter.

Wie alle Liebespaare begannen die beiden mit einem persönlichen und emotionalen Dialog, in dem die Außenwelt nicht existierte. Vielleicht war sein Muster und seine Entwicklung so wie bei allen anderen Liebespaaren, schmerzhaft und irritierend die anfängliche Unsicherheit.

Wer suchte wen? Sie konnten es nicht genau sagen, außer daß der westliche Teil des unverschmutzten Flusses, wo die Frauen Wasser holten, und der Busch, wo sie Feuerholz sammelten, zu Keajas bevorzugtem Jagdrevier wurden. Ihre Arbeitszeiten stimmten überein. Das Getreide war ausgesät worden, und die Frauen vertrieben sich die Zeit im Dorf, bis der schwere, durchdringende Regen das Unkraut auf ihren Feldern wachsen ließ. Dann begann für sie die nächste Arbeitsphase, in der sie das Unkraut zwischen den Getreidepflanzen jäteten.

Keaja brachte jeden Tag eine Kalebasse Milch zu seiner Familie ins Dorf, und es dauerte nicht lange, bis Tselane merkte, daß er in ihrer Nähe zögerte und wartete, bis er einen Blick von ihr erhascht hatte. Sie war immer von einer Gruppe fröhlich schnatternder junger Frauen umgeben. Die Erinnerung an ihre erste Begegnung war so erfrischend und anregend, ihr Gespräch so voller unerwarteter Überraschungen gewesen, daß sie sich ihm gern genähert hätte.

Eines Nachmittags, während sie mit ihren Freundinnen draußen Holz sammelte, sah sie ihn ein Stück weiter weg zwischen den Büschen stehen und schaffte es, sich von ihren Freundinnen zu entfernen. Als sie auf ihn zuging, eilte er ihr entgegen und hielt ihre Hand. Sie bemühte sich nicht, ihm die Hand zu entziehen. Ihre Hand lag in seiner, als würde sie dorthin gehören. Sie gingen ein Stück weiter, dann hielt er an, sah ihr in die Augen und erzählte ihr auf seine direkte, unkomplizierte Weise alles, was ihm durch den Kopf ging. Diesmal lächelte er nicht.

»Mein Vater arrangiert meine Hochzeit in sechs neuen Monden«, sagte er. »Ich will das nicht. Ich will mir meine Frau selbst aussuchen, aber das, was ich will, wird uns nur Ärger bringen.«

Sie schaute weit in die Ferne und wußte erst einmal nicht, was sie sagen sollte. Ihre Eltern hatten ihre Zukunftspläne mit keinem Wort erwähnt; eigentlich bestand für sie kein Grund, darüber nachzudenken, obwohl sie die meisten jungen Männer im Dorf nicht mochte. Sie wirkten alle irgendwie gefügig, so als hätten die Gesellschaft und ihre Unterdrückungsmechanismen ihnen den Willen gebrochen. Keaja gefiel ihr rundum, und sie fühlte sich mit ihm sicher, so wie an dem Regennachmittag, als er gesagt hatte: »Wir können uns hier beide vor dem Gewitter schützen ...«

»Was ich mir überlegt habe, ist nicht weiter kompliziert«, sagte er dann und hielt immer noch ihre Hand. »Ich wollte dich fragen, was du denkst. Ich wollte dich fragen, ob du mich heiraten willst. Wenn du mich nicht heiraten willst, werde ich meine Wünsche nicht weiter verfolgen. Vielleicht würde ich dann sogar die Frau heiraten, die mein Vater für mich ausgesucht hat.«

Sie drehte sich um, sah ihn an und sprach so klar, daß ihre eigenen Gedanken sie erschreckten.

»Ich habe keine Angst«, sagte sie. »Weder vor dem Ärger noch vor dem Tod, aber ich brauche ein bißchen Zeit, um herauszufinden, was ich denke.«

Er ließ ihre Hand los, und so trennten sie sich, und ein jeder ging seines Weges. Ab diesem Moment und bis zum folgenden Tag schwebte Tselane im siebten Himmel. Sie konnte sich nicht konzentrieren und nachdenken, eigentlich gab es gar keine Gedanken in ihrem Kopf. Dann wurde ihr bewußt, wie unlogisch die Liebe war. Als sie am späten Nachmittag ihren Krug hochheben wollte, fühlte sie sich plötzlich schrecklich krank, so krank, daß sie beinahe dem Tod ins Gesicht starrte. Ihre Arme und Beine waren wie gelähmt. Der Krug, mit dem sie Wasser schöpfte, fühlte sich so schwer an, daß sie ihn nicht tragen konnte.

Sie wandte sich an Mma-Monosi.

»Ich fühle mich heute so schwach und krank«, sagte sie. »Ich kann nicht Wasser schöpfen.«

Mma-Monosi war nur zu gern bereit, Tselanes Aufgaben zu übernehmen, doch sie machte sich auch Sorgen und sprach mit ihrer Mutter über die plötzliche Erkrankung. Mma-Tselane überlegte eine Weile und entschied dann, daß es die Krankheit sein müßte, die junge Mädchen bekommen, wenn sie zu schnell wachsen.

Sie verbrachte drei glückliche Tage, in denen sie ihre Tochter mit warmen Kräutergetränken behandelte, denn Mma-Tselane tat nichts lieber, als sich mit Krankheiten zu beschäftigen. Doch die körperlichen Qualen des jungen Mädchens legten sich nicht; nachts zitterte sie heftig von Kopf bis Fuß. Es war so schockierend und neu für sie, daß sie sich dem Schlaf zwei Tage lang völlig hingab. Es war nicht ihre Vernunft, die ihr die Kraft gab, sich am dritten

Tag mühsam aufzurichten, sondern das Bedürfnis, die Qual zu beenden. Sie überzeugte ihre Mutter und Mma-Monosi, daß es ihr besser ging und sie wieder Holz sammeln wollte. Am Nachmittag eilte sie in den Busch und vermied sorgfältig eine Begegnung mit ihren Freundinnen.

Sie war erleichtert, als sie Keaja sah und feststellte, daß sein Gesichtsausdruck die gleiche Qual ausdrückte, die sie empfand. Er sprach zuerst. »Ich habe mich krank und verwirrt gefühlt«, sagte er. »Ich konnte nichts anderes tun, als auf dich zu warten.«

Sie setzten sich nebeneinander auf den Boden. Sie war so erschöpft von dem Kampf der vergangenen zwei Tage, daß sie sich für einen Augenblick vornüber beugte und ihren Kopf auf seine Knie legte. Sie schien plötzlich wieder denken zu können, denn sie lächelte zufrieden und sagte: »Ich möchte nachdenken.«

Schließlich richtete sie sich auf und sah den jungen Mann mit strahlenden Augen an.

»Ich habe mich sehr krank gefühlt«, sagte sie. »Meine Mutter gab mir ständig irgendwelche Kräutergetränke. Sie sagte, es sei normal, sich schwach und benommen zu fühlen, wenn man wächst. Aber ich weiß jetzt, was mich krank gemacht hat. Ich habe mit meiner Erziehung gekämpft. Meine Erziehung hat mir beigebracht, daß ein einzelner Mensch nicht wichtig ist, doch du bist mir plötzlich wichtig geworden, als Mensch. Ich wußte nicht, wie ich meiner Mutter das alles erklären sollte. Ich wußte nicht, wie ich ihr irgend etwas erklären konnte, aber sie war so nett und kümmerte sich um mich. Schließlich glaubte ich, ich würde den Verstand verlieren, also kam ich her, um dich zu sehen ...«

Es war, als hätten sie in diesem Moment heimlich und freiwillig geheiratet. Gemeinsam schmiedeten sie Pläne, wie und wann sie sich treffen könnten.

Der junge Mann plante voraus. Er wußte, daß er, was seine Gesellschaft betraf, dabei war, ein fürchterliches Chaos zu verursachen; die Gesellschaft wiederum hatte in ihrer Rechnung nur daran gedacht, daß die Menschen meist hilflos auf überwältigende Widerstände reagieren. Die Kreativität und die Handlungsfreiheit der Menschen hatte sie in der Rechnung aber vergessen. Er hatte nichts anderes als das Versprechen des jungen Mädchens gebraucht, um alles weitere in die Hand zu nehmen. Er überraschte und beeindruckte sie immer wieder mit seinem logischen Verstand. Es war, als wüßte er, daß sie irgendwann kommen würde, daß sie sich Zeit lassen würden bei ihren Liebesspielen, und wenn Tselane sich dann Sorgen machte, weil es so spät geworden war, zeigte er ihr mit einem übermütigen Lächeln ein großes Holzbündel, das er schon für sie bereitgestellt hatte.

Es folgte eine kurze friedliche Zeit, und die Gemeinschaft lebte arglos ihr tagtägliches Leben, ohne zu ahnen, welch ein Durcheinander auf sie wartete. Die Frauen, unter ihnen Tselane, mußten kurz darauf auf den Feldern Unkraut jäten und die Pflanzen versorgen. Sie arbeitete mit Mma-Monosi zusammen, wie sie es immer getan hatte. Es gab nicht das geringste Anzeichen für das geheimnisvolle Leben, das sie nun führte; eher arbeitete sie noch schneller und mit größerer Zufriedenheit als sonst. Sie lachte und scherzte mit Mma-Monosi wie üblich, doch ein gesunder Instinkt ließ sie ihre persönlichen Angelegenheiten für sich behalten.

Als das Getreide bereits hoch stand und beinahe reif war, stellte Tselane fest, daß sie schwanger war. Das, was bis dahin ein Geheimnis gewesen war, konnte kein Geheimnis mehr bleiben. Als sie Keaja diese Neuigkeit anvertraute, akzeptierte er sie ganz zufrieden als einen Teil der Pläne, die er sich ausgedacht hatte, denn es galt, was er ihr damals bereits gesagt hatte: »Den Tod werde ich vermeiden, solange wir glücklich sind. Ich möchte, daß wir leben.«

Er konnte nur einen Teil seiner Pläne absichern, einen ungefährlichen Fluchtweg aus dem Dorf und den Aufbruch in ein neues, unbekanntes Leben, das sie sich gemeinsam aufbauen würden. Sie hatten sich selbst zu Ausgestoßenen des geordneten Dorflebens gemacht, und so legte er ihr zwei Pläne vor, zwischen denen sie sich entscheiden sollte. Die erste Möglichkeit war die leichtere für sie. Sie könnten das Dorf jederzeit verlassen und niemanden in ihren Plan einweihen. Die Welt stand dem Mann offen. Er war weit herumgekommen, sowohl allein als auch mit anderen Männern zusammen, während er als Jäger und Hirte unterwegs war. Man konnte in ihrer Gegend ohne Gefahr große Entfernungen zurücklegen. Er hatte an Feuerstellen gesessen und Geschichten gehört über Kriege und Fluchtwege und gastfreundliche Stämme, die weit entfernt lebten und deren Bräuche anders als die ihren waren. Keaja hatte seine Zeit nicht verschwendet; er hatte alles vorbereitet, was sie für ihre Reise brauchen würden, und ihre Vorräte an einem sicheren Ort versteckt.

Die zweite Möglichkeit war für das Liebespaar schwieriger. Sie konnten ihren Eltern von ihrer Liebe erzählen und sie bitten, heiraten zu dürfen. Er war sich nicht ganz sicher, was geschehen würde, doch es könnte den Tod oder

Schlimmeres bedeuten. Aber sie könnten trotzdem noch fliehen, denn er wollte den Tod nicht riskieren.

Nachdem sie darüber nachgedacht hatte, entschied sich Tselane, ihren Eltern von ihrer Liebe zu erzählen, denn, so betonte sie, der erste Plan würde ihren Eltern das Herz brechen. So beschlossen sie also an jenem Tag, ihren Eltern von ihrer Liebe zu erzählen und ihnen das Datum, an dem sie heiraten wollten, mitzuteilen.

Die Sonne ging bereits unter, als Tselane an dem Abend mit ihrem Holzbündel nach Hause kam. Ihre Mutter und Mma-Monosi saßen draußen im Hof und unterhielten sich leise.

Tselane legte ihr Bündel ab, ging zu den beiden Frauen und kniete sich still neben ihre Mutter. Ihre Mutter drehte sich um, als erwartete sie eine Bitte oder eine Neuigkeit von einer Freundin. Tselane wußte sich keinen anderen Rat, als ihr die eigene Neuigkeit so direkt wie möglich mitzuteilen.

»Mutter«, sagte sie. »Ich erwarte ein Kind von dem Sohn Rra-Keajas. Wir wollen am kommenden neuen Mond heiraten. Wir lieben uns ...«

Einen Augenblick lang runzelte ihre Mutter die Stirn, als würden die Worte ihrer Tochter keinen Sinn ergeben. Mma-Monosis Körper erschauerte mehrmals, als würde sie frieren, doch sie verharrte in tödlichem Schweigen. Schließlich dämpfte Tselanes Mutter ihre Stimme und sagte durch ihre zusammengepreßten Zähne: »Du gehst sofort in deine Hütte und bleibst da. Unter keinen Umständen wirst du sie ohne die Aufsicht von Mma-Monosi verlassen.«

Eine Weile saß Mma-Tselane da und starrte in die Ferne; eine gebrochene Frau. Ihr gesellschaftliches Ansehen, ihr Königreich, ihr Selbstbild zerbröckelte.

Kurz darauf kam ihr Ehemann nach Hause. Er hatte im Dorfgericht mit den Männern einen angenehmen Tag verbracht. Jetzt freute er sich auf sein Abendessen und eine erholsame Nacht. Das letzte, was er jetzt brauchen konnte, war ein Gespräch mit seiner Frau, und so sah er ungeduldig auf, als seine Frau ohne sein Abendessen eintrat. Sie erzählte ihm von der Sache mit so viel Würde, wie sie noch aufbringen konnte. Der Schock brachte sie an den Rand eines Zusammenbruchs. Er hörte ihr fassungslos zu und reagierte dann laut und entrüstet.

»Tselane«, sagte Mma-Monosi eindringlich. »Es ist nicht leicht, mit unseren Bräuchen zu brechen. Du bezahlst dafür mit deinem Leben. Ich hätte dir die Geschichte erzählen sollen an dem Abend, als wir über unsere Bräuche redeten. Als ich ein junges Mädchen war, gab es hier so einen Fall, allerdings war er nicht so verfahren. Der junge Mann hatte sich in ein Mädchen vernarrt und sie in ihn. Er weigerte sich deswegen, die Frau zu heiraten, die seine Eltern ihm ausgesucht hatten. Sie konnten seinen Willen nicht brechen, und so brachten sie ihn um. Sie brachten ihn um, obwohl er das Mädchen nicht berührt hatte. Doch es gibt etwas, das du nicht vergessen solltest. Ich bin deine Freundin und ich werde für dich sterben. Keiner wird dich verletzen, solange ich lebe.«

Ihre offene und liebevolle Beziehung war ihnen erhalten geblieben. Sie redeten eine Weile über Tselanes Liebesgeschichte, und Mma-Monosi hörte ihr mit großer Freude zu. Nach einer Weile kehrte Mma-Tselane zurück. Sie war zu schockiert, um mit ihrem eigenen Kind zu sprechen, doch sie rief Mma-Monosi zu sich und sagte ihr, man hätte ihr von höherer Stelle bestätigt, daß ihrem Kind kein Leid zugefügt würde.

Und so begann eine Woche, in der es wütete und wilde, unvernünftige Urteile gefällt wurden. Es war eine Familienangelegenheit. Es war eine öffentliche Angelegenheit. Und als solche würde sie eine Katastrophe über die Gemeinschaft bringen, und der Ärger der Öffentlichkeit war groß. Zwei Elternteile zeigten sich in einem schlechten Licht, der Vater von Tselane und die Mutter von Keaja. Rra-Tselane bestand darauf, daß diese Hochzeit nicht stattfinden sollte. Er zog es vor, ständig mit dem Tod zu drohen. Der Wurm, der schon immer am Herzen von Keajas Mutter genagt hatte, bewegte sich endlich und verschlang ihr Herz ganz. Auch sie drohte ständig mit dem Tod. Dann wurde eine merkwürdige, zeitweilige Lösung von höherer Stelle verfügt. Das Liebespaar sollte sich für eine bestimmte Anzahl von Tagen aus der Gemeinschaft zurückziehen, bis sich der Ärger der Öffentlichkeit gelegt hatte. Danach könnte man die Hochzeit der beiden in Erwägung ziehen.

So empört war die Gemeinschaft über das Theater, daß sich alle Leute an dem Tag, an dem Keaja aus seiner Hütte befreit wurde und zu Tselane gehen durfte, in ihre Häuser zurückzogen, um die fürchterliche Szene nicht mitansehen zu müssen. Nur Mma-Monosi stand draußen und beobachtete, in welche Richtung das junge Liebespaar das Dorf verließ. Sie sah sie zu dem Hügel gehen, der nicht weit von Tselanes Hof entfernt lag. Als es dunkel wurde, drehte sie sich um und ging nach Hause. In der Gegenwart von Mma-Tselane, die einem Nervenzusammenbruch nahe in ihrer Hütte lag, sprach Mma-Monosi ihre endgültige Meinung zu der ganzen Geschichte aus.

»Der junge Mann ist nicht dumm«, sagte sie. »Sie sind zum Hügel gegangen. Er weiß, daß sie oben auf dem Hügel sicherer sind als irgendwo sonst. Die Leute sind wütend, und vielleicht möchte jemand ihnen etwas antun. Doch die werden es schwer haben, denn der junge Mann wird sie mit Steinen verteidigen können, bevor ihnen etwas passieren kann. Unser Kind ist bei ihm in Sicherheit.«

Dann nahm die Geschichte ein schreckliche Wendung. Die Spannung erhöhte sich stetig bis zu dem Tag, an dem das Liebespaar ins Dorf zurückkehren sollte. Tage vergingen, und sie kehrten nicht heim. Schließlich schickte man Suchtrupps nach ihnen aus, doch sie waren verschwunden. Nicht einmal ihre Fußspuren waren zu sehen auf den glatten Felsen und den Grasbüscheln am Hügelhang. Zuerst kehrten die Suchtrupps zurück und berichteten nicht von dem ungewöhnlichen Phänomen, sondern zeigten sich nur fassungslos und verwirrt. Dann verlor Mma-Monosi ihr zartes, phantasievolles seelisches Gleichgewicht. Man sah sie zu Tode betrübt zum Hügel gehen. Als sie den Fuß des Hügels erreicht hatte, blieb sie stehen, und das dramatische Verschwinden des jungen Liebespaares spielte sich vor ihren Augen noch einmal ab. Erst hörte sie ein lautes und qualvolles Stöhnen, daß ihr das Blut in den Adern gerann. Sie sah, daß in dem Moment, in dem Tselane und Keaja den Hügel betraten, die Felsen sich teilten und sich vor ihnen ein klaffendes Loch auftat. Dann sank das Liebespaar in die Tiefe, und die Felsen schlossen sich hinter ihnen. Als sie »Tselane! Keaja!« rief, stiegen ihre Seelen auf und trieben geräuschlos und ohne etwas zu sehen bis zur Spitze des Hügels.

Mma-Monosi kehrte ins Dorf zurück und erzählte eine feierliche und überzeugende Geschichte über das, was sie gesehen hatte. Man brauchte den Menschen nur zu sagen, daß es solche Phänomene gab, dann konnten alle sie sehen. Dann machte sich Mma-Tselane, die durch den Verlust ihrer Tochter verwirrt und krank geworden war, langsam auf den Weg zum Hügel. Das Ende der dramatischen Geschichte spielte sich vor ihren betrübten Augen noch einmal ab. Sie ging nach Hause und starb.

Von da an verkörperte der Hügel auf unangenehme Weise bösartige und lebensvernichtende Kräfte. Sein Aufenthaltsort war dem Stamm nicht mehr sicher genug. Die Leute packten ihre Sachen zusammen, luden sie auf die Rücken ihrer Tiere, zerstörten das Dorf und zogen in ein Gebiet, in dem sie sich sicherer fühlten.

Der verlassene Ort blieb unbewohnt bis zum Jahre 1875, als der Bamalete-Stamm sich dort niederließ. Obwohl der Ort den neuen Zuwanderern fremd war, beobachteten sie dasselbe Phänomen, hörten das laute, qualvolle Stöhnen und sahen die stillen dahintreibenden Seelen des jungen Liebespaares. Die Legende wurde von Generation zu Generation weitergegeben, und bis zum heutigen Tag steht der Hügel des Dorfes Otse im südlichen Botswana für eine ewige Liebeslegende. Letswe La Baratani. Der Hügel der liebenden Seelen.

Der General

Der Präsident und Retter des Volkes schritt auf dem dicken Teppich am Boden auf und ab und war tief in Gedanken versunken. Hin und wieder blieb er stehen und bewunderte den eleganten Schwung seiner langen, schlanken Füße, die in braunen Sandalen aus feinstem Leder steckten. Er streckte auch seine Hände aus und bewunderte ihre glatte, schwarze Farbe und die dunklen Zickzacklinien auf seinen großen, weiten Handflächen.

»Wie stark meine Hände doch sind!« sagte er und lachte sich selbst voller Zuneigung zu. Und es gab niemanden in seiner Nähe, der diesem Lachen Einhalt gebot, denn er umgab sich seit einiger Zeit nur noch mit Menschen, die eine geheimnisvolle Ehrfurcht vor seiner Person empfanden.

Die Menschen sind unvernünftig. Einer Woge wilder Begeisterung folgend, hatten sie ihn zu ihrem Führer und Retter gewählt, und später war es schwierig geworden, den Gott abzulehnen, den sie sich selbst erschaffen hatten. Auch hatten sich die Zeiten geändert. Durch die Jahrhunderte der Schreckensherrschaft und Verfolgung waren die Menschen, ohne sich dessen bewußt zu sein, mutig geworden, und bei dem kleinsten Anzeichen von Zwang erwachte eine rachsüchtige Leidenschaft in ihren Herzen. Auf die Propagandasalven von allen Seiten reagierten sie mit schweigendem, zynischem Mißtrauen. Auch die Natur der Götter hatte sich geändert. Aus ihnen waren gewöhnliche Männer in einer gewöhnlichen Welt geworden, in der keiner über seine Mitmenschen hinausragen konnte.

Am Anfang ging noch alles ganz gut. Der Präsident hatte Charme, und seine besondere intellektuelle Begabung wurde in der ganzen Welt anerkannt. Er war völlig objektiv, und das machte seinen Charme aus. Deswegen glaubte man, als er sagte: »Ich bin eine Kombination aus allen Diktatoren dieser Welt...«, daß es eine Aussage von ungewöhnlicher Originalität sei; er sagte das in einem Ton, als wäre er ein scheuer Gelehrter, der über die Diktatoren dieser Welt nachgedacht hätte. Er hatte eine warme und einnehmende Art, wenn er mit engen Verbündeten sprach. Nachdem er einen Vorschlag mit blendender Klarheit vorgetragen hatte, wandte er sich beispielsweise an einen Bewunderer und fragte: »Was meinst du, Bill?«

Man erwähnte es erst, als eine Reihe von vielversprechenden jungen Männern inhaftiert oder ins Exil getrieben worden war, daß sich der Präsident ausnahmslos mit begriffsstutzigen und mittelmäßig begabten Männern umgeben hatte.

Da war M. M. Makhudo, der den ersten Fünfjahresplan aufgestellt und damit den wirtschaftlichen und industriellen Aufschwung initiiert hatte. Einen Monat nach der Veröffentlichung des Planes erschien in einer Tageszeitung eine umfangreiche Beschreibung seiner Arbeit. Wenige Tage später verlor Makhudo seine Stelle in der Planungsabteilung der Regierung. Es wurde das Gerücht in die Welt gesetzt, daß er ein Exhibitionist sei, ein selbstsüchtiger Egoist. In der neuen Gesellschaft sollte es keine Persönlichkeiten geben, sondern nur Diener des Volkes, die sich dem Wohlergehen des Volkes widmeten. In einer neuen Gesellschaft gibt es so viele Makhudos, die beseitigt werden müssen, und das nennt man dann: tun, was getan werden muß; den

Weg freiräumen, damit nur die guten Menschen übrigbleiben.

Die offizielle Regierungsopposition taugte nicht viel. Sobald sie auch nur die Spur einer Chance hätte, würde sie die Hälfte der Landesbevölkerung umbringen, wie sie wiederholt drohte. In jeder Krise, die *sie* erfanden, war ihre Sprache total ausfallend: »Du und du und deine dreckige Jacke«, lautete einer ihrer Lieblingssprüche. Selbst die erbittertsten Kritiker des Präsidenten waren sich darin einig, daß er recht daran tat, die anderen einzusperren. Das Volk beschwerte sich auch nicht. Hinter der guten Haltung und dem ständigen sich Brüsten erkannte man kaltschnäuzige Frauenjäger und habgierige Opportunisten. Die Menschen mögen auf unvernünftige Weise ihren Glauben an die von ihnen erwählten Götter verlieren, doch sie sind nicht dumm.

Die Unsterblichkeit ist ein verlockendes Angebot, dem nur wenige Männer widerstehen können. Einige Monate nach der Ernennung des Präsidenten wurde ihm die Unsterblichkeit angeboten von fünf Priestern, die ihn in jener Stunde besuchten, die er für Beratungen mit dem Volk angesetzt hatte. Mit einem Wunder weckten sie sein Interesse. Einer der Priester besaß die Fähigkeit, die rechte Hälfte seines Körpers völlig unsichtbar zu machen. Der Präsident schritt einmal um den Priester herum, berührte ihn vorsichtig, schüttelte ihn heftig und konnte trotz allem nicht die Körperhälfte finden, die spurlos verschwunden zu sein schien.

»Sie haben mich doch nicht etwa hypnotisiert?« fragte er scharf.

Sie sagten nein. Sie sagten, sie könnten ihm das Geheimnis der Unsichtbarkeit, der völligen, körperlichen Unsichtbarkeit, verraten. Die Möglichkeiten, die sich dadurch auftaten, faszinierten ihn und machten ihn neugierig. Und es war wahr. Es gab nur einen Zauberspruch, ein einfaches Ritual, und siehe da, er war weg! Es gab weitere Wunder. Ein Diagramm aus komplizierten Zeichen und Zahlen. Das interessierte ihn nicht, die entsprechenden Erklärungen aber fand er spannend. Das Diagramm stellte den Lebensentwurf eines großen und unsterblichen Führers dar, der auf dem Kontinent geboren worden war und der noch einmal die Weltgeschichte beeinflussen würde. Es gab da gewisse Eigenschaften: ein hohes intellektuelles Vermögen und die Wahl einer Ehefrau, die aus einem anderen als seinem eigenen Geburtsland stammte. Ihre Stimmen klangen autoritär und überzeugend. So wurden sie zu einem Teil seines Hofes, seiner Bestimmung und seiner Nemesis. Sie, die sich versteckt im Hintergrund seines Lebens bewegten, waren die richtungsweisende Kraft bei allen Entscheidungen, die er traf. Wenn ein Gegner ermordet wurde, und es gab eine Reihe von ihnen, hatten sie ihm dazu geraten. Die Anzahl der Gegner eines Menschen nimmt lawinenartig zu; besonders, wenn sich in Straflagern die Leichen häufen.

So kam auch der General an die Reihe. Ein Jammer, daß die Wahrsager nicht ganz begriffen hatten, mit welchem Persönlichkeitstyp sie es sehr bald zu tun haben würden, denn es gibt Männer, die einen harten Schild besitzen, hinter dem sie sich jederzeit zurückziehen können, und selbst der schlimmste Schlag kann sie aus ihrer günstigen Position nicht hervorlocken. Sie überwinden die widrigsten Umstände und führen einen Nervenkrieg so ausdauernd, daß sie ihn, wenn es sein muß, bis in alle Ewigkeit durchhalten. Der Präsident, der inzwischen unsterblich geworden war, wurde bleich, als er den Namen des Generals auf der Todesliste des Tages las. Die Loyalität der Armee bedeutete ihm viel. Seine seltsamen Berater aber blieben beharrlich. Der Mann sei von bösen Omen umgeben. So oder so war es zu einem Spiel geworden – töten, töten, töten, bis du am Ende alleine dastehst als der einzige erhabene Sieger in einer Masse von ruiniertem menschlichen Leben.

So rief er seinen Sicherheitschef zu sich, einen treuen Verbündeten: »Ich verdächtige General Aksan der Illoyalität«, sagte er. »Ich brauche einen detaillierten Bericht über seine Bewegungen, seinen Bekanntenkreis, seine Aktivitäten und seine Meinungen.«

Nun schritt er ruhig und gelassen auf und ab. Das Treffen mit dem Sicherheitschef sollte in drei Minuten beginnen. Er hatte bereits eingesehen, daß der General entlassen werden mußte, und zwei Wochen zuvor hatte er einem anderen Staatsoberhaupt einen dringenden Brief geschrieben und um Ersatz für General Aksan gebeten. Die Antwort war negativ ausgefallen. Er hielt sie für eine grobe Beleidigung. Das Staatsoberhaupt, dem er geschrieben hatte, war ein guter Freund von ihm. Es bestand die Möglichkeit, sich zu rächen. Er könnte das sorgsam gehütete Geheimnis enthüllen, daß nämlich dieses Staatsoberhaupt der Hauptinitiator des netten, kleinen Coup d'Etat gewesen war, durch den er die Gunst des Volkes hatte zurückgewinnen und gleichzeitig siebzig einflußreiche Gegner auf einen Streich hatten ermorden und aufhängen lassen können.

»Vielleicht glaubt er, ich hätte die Kontrolle über die Zustände in meinem eigenen Haus verloren«, dachte der Präsident zornig. »Ishmael ist einem immer schon in den

Rücken gefallen. Er ist von Natur aus hämisch. Ich werde mich an ihm rächen.«

Ein leises Geräusch war zu hören. Ein Bote näherte sich lautlos und unterwürfig und teilte ihm mit, daß der Sicherheitschef eingetroffen sei.

»Schicken Sie ihn sofort herein«, sagte der Präsident.

Er setzte das große, charmante und berühmte Lächeln auf, das so oft fotografiert wurde, als der Sicherheitschef eintrat.

»Hallo, Chef«, sagte er freundlich und salopp. »Sie haben den Bericht?«

»Ja, Sir«, sagte der Sicherheitschef. Er holte einen gelben Ordner aus seiner Aktentasche, überreichte diesen und blieb dann unbewegt und aufrecht stehen.

»Machen Sie es sich bequem, Chef«, sagte der Präsident. »Das wird eine ziemlich lange Besprechung. Störungen in der Loyalität der Armee sind keine unwichtige Angelegenheit. Ich muß die Fakten genau kennen.«

Sie setzten sich in die hohen Lehnsessel. Der Präsident öffnete den Ordner neugierig und las:

Bericht über die Aktivitäten, Bewegungen,
Meinungen & Bekannten des GENERAL AKSAN,
Befehlshaber der Armee

Aktivitäten: Außer seinen Pflichten als Befehlshaber der Armee übt der General keine weiteren Aktivitäten aus. Seine Arbeit und seine Familie scheinen der Mittelpunkt seines Lebens zu sein. Die Offiziere, die mit ihm zusammenarbeiten, nennen ihn »den Sklaventreiber, der sich streng an die Disziplin hält«, und sie fürchten ihn. Eine seiner persönlichen Gesten erwähnen sie jedoch mit großer Freude. Der General hat es sich angewöhnt, mit einem schriftlichen Bericht in der Hand herumzugehen. Wenn ein Mann niedrigeren Ranges an ihm vorübergeht, tut er so, als läse er aufmerksam den Bericht. Einmal sagte er wohl, daß er es nicht gern sehe, wenn man mehr als nötig vor ihm strammstehe.

Bewegungen: Der General hält sich an eine strikte Routine. Er fährt um 7.45 Uhr von zu Hause weg und ist um 8.00 Uhr bei der Arbeit. Um 17.00 Uhr ist sein Dienst beendet, und er fährt direkt zum Planetaria-Hotel. Um 17.10 Uhr trifft er dort ein und bestellt zwei große Bier. Um Punkt 17.15 Uhr setzt sich Professor Okola, Professor für Wirtschaftswissenschaften, neben ihn an die Bar. Die beiden vertiefen sich sofort in ein Gespräch, aus dem sie bis um Punkt 18.00 Uhr nicht ein einziges Mal aufblicken. Dann fährt der General Professor Okola nach Hause und trifft um Punkt 18.30 Uhr bei sich daheim ein. So sieht sein Tagesablauf seit vier Jahren aus, seit er seinen Dienst als Befehlshaber der Armee antrat.

Meinungen: An seiner Arbeitsstelle ist nicht bekannt, daß der General je zu irgendeinem Thema eine persönliche Meinung äußert; er verliert nicht einmal ein Wort über das Wetter. Allerdings wurde während einem der allabendlichen Treffen ein spannendes Gespräch mit Professor Okola an der Bar des Planetaria-Hotels aufgezeichnet.

Bekannte: Die distanzierte Art des Generals stößt ab. Seine einzigen bekannten Freunde sind Professor Okola und seine Frau.

Damit endete der Bericht. Gleich darauf folgte ein Bericht über Professor Okola:

»Er ist insgesamt gesehen ein seltsamer und lächerlicher Typ. Während seiner Vorlesungen wird gelacht und nur selten ernsthaft studiert. Mit seiner saloppen Haltung ermutigt er die Studenten dazu, höchst kritische Meinungen über die Regierung und die Regierungsbeamten zu äußern. Unser ehrwürdiger Präsident selbst ist oft die Zielscheibe ihres Spotts. Professor Okola ist dafür bekannt, daß er sich auf die unterschiedlichste Weise über abweichende Themen unterhält mit jedem, der bereit ist, ihm auch nur für eine Sekunde zuzuhören. So sehr fesseln Professor Okola die Gespräche und das Lachen, daß er ständig seine Aktentasche dort liegen läßt, wo er gerade stehenbleibt, um sich zu unterhalten. Man weiß von Prüfungsbögen, die verlorengingen, und Professor Okola scheint permanent an Amnesie zu leiden. Ich wies den Rektor der Universität auf diesen rücksichtslosen, exhibitionistischen Abweichling hin. Er zeigte sich besorgt und sagte, er würde sich um die Angelegenheit kümmern und Professor Okola ernsthaft ermahnen, seine Disziplin und sein Gedächtnis in Ordnung zu bringen. Der Inhalt der Aktentasche, die ständig überall liegengelassen wird, besteht aus einer umfangreichen Korrespondenz mit Professoren der Wirtschaftswissenschaften in der ganzen Welt, dem handgeschriebenen Entwurf eines Manuskripts mit dem Titel ›Vergleichende Wirtschaftsstudien‹, einem Konzept für eine Studiengruppe über die Lehren des Marxismus und einem halben Dutzend halbleerer Pfefferminzpäckchen.«

Der Präsident sprang mit dem Ordner in der Hand auf. Irgend etwas in dem Bericht über den General beunruhigte ihn, ließ ihn seine sonst so ruhige und gelassene Haltung verlieren. Der Sicherheitschef interpretierte den Grund seiner Beunruhigung falsch.

»Was Professor Okola betrifft, Sir«, setzte er an. »Ich habe mindestens zwanzig Zeugen ...«

Der Präsident lachte und gewann seine Haltung zurück.

»Ach, der harmlose Exhibitionist«, sagte er voller Zuneigung. »Da gibt es in Afrika also auch die Figur des zerstreuten Professors. Es ist ein universelles Phänomen, Chef. Wenn sich das Denken auf einer gewissen Ebene der Intensität abspielt, gerät die Umwelt in Vergessenheit. Außerdem sind wir eine reife Regierung. Es ist ein gesundes Zeichen, wenn der Professor die Studenten dazu ermutigt, sich im kritischen Denken zu üben. Nein, nein, Chef. Es ist der finstere Charakter des furchterregenden General ›Eisenhand‹, der mir Sorgen macht. Erkennen Sie dieses Gehabe von Mann zu Mann? Auf der einen Seite distanziert und unnahbar. Auf der anderen Seite diese zynische Geste – auch wenn ich über euch stehe, bin ich immer noch einer von euch. Ich bin kein Halbgott, vor dem man zu jeder Gelegenheit strammstehen muß. So sieht der Charakter eines Opportunisten aus, der von einer rücksichtslosen Lust auf Macht angetrieben wird. Die Soldaten fressen ›Eisenhand‹ aus der Hand, und in einer instabilen Lage wird ihn nichts daran hindern, die Macht an sich zu reißen, nach der er sich offensichtlich Tag und Nacht verzehrt. Ah, ich habe einen perfekten Plan, um die Ambitionen dieses Opportunisten zunichte zu machen. Hören wir uns an, worüber sich die beiden großen Freunde jeden Abend so intensiv und interessiert unterhalten.«

Der tüchtige Sicherheitschef entnahm seiner Aktentasche ein kompaktes Kästchen. Es klickte, und die bedächtige, tiefe Stimme des General Aksan erschreckte die beiden Männer, als sei er selbst anwesend. Er sagte: »...wie du gestern abend bereits sagtest, Okola. Du zweifelst an dem Wert der Menschenrechte.«

Die leise, zaghafte Stimme des Professors antwortete: »Auf welche Rechte kann man sich verlassen, Aksan? Was gibt es denn hier nach Jahren der Befreiung? Eine selbstgefällige Sippe unter den obersten Zehntausend, die die gewöhnlichen Leute verachtet. Eine Regierung, der wir mißtrauen, und eine Horde herumziehender Halunken, die sagen: Ein Wort gegen die Regierung, und wir bringen dich um. Aksan, ich habe die Feinde Afrikas satt, seien sie nun imaginär oder wirklich; ich habe die Sinnlosigkeit von Angst und Leid satt, und ich habe es satt, ein Afrikaner zu sein, mit allem, was dazu gehört.«

Man hörte das leise kehlige Lachen des Generals.

»Wenn du tun könntest, was du wolltest, Okola, würdest du den gesamten Fluß des Lebens aufhalten. Man muß den Blick nach unten richten und nicht da oben in der Luft schweben, wie du es tust. Manchen ist das Leid höchst willkommen, und wenn sie dem Tod oder dem Teufel begegnen, werden sie so hart wie ein Stein. Würdest du ihnen das nehmen wollen, was ihnen die größte Freude im Leben bereitet, nur weil du das Leiden sinnlos findest?«

Der Professor klang ein wenig beleidigt.

»Es gefällt mir nicht, daß du mich als einen nutzlosen, romantischen Metaphysiker darstellst, der mit dem Kopf in den Wolken herumspaziert. Warum rackere ich mich für meine ›Vergleichende Wirtschaftsstudie‹ ab? Weil Millionen von Menschen Hunger leiden. Man fragt sich: Ist die Armut denn wirklich ein so unlösbares Problem? Ich hoffe, daß meine Bemühungen das unterstützen, was ein großes Heer von Denkern in der ganzen Welt tut, die Tag und Nacht versuchen, die Situation zu verändern. Deswegen werde ich dich, sobald meine Studien abgeschlossen sind, dazu überreden, deine Uniform abzulegen und mit mir gemeinsam die Erde umzugraben. Hast du eigentlich schon einmal darüber nachgedacht, Aksan, daß du das Abbild eines Mörders bist?«

Der General lachte laut.

»So habe ich mich selbst noch nie betrachtet, Okola. Wie merkwürdig unterschiedlich doch unsere jeweiligen Vorlieben sind. Ich habe einmal irgendwo gelesen, daß Männer, die Schwierigkeiten mit der Galle haben, meist streitsüchtige Charaktere sind. Es könnte sein, daß Männer mit Gallenproblemen die ersten Kriegsstrategien entwickelten, weil sie den Frieden einfach nicht ertragen konnten. Warum sollte ich für eine friedliche Beschäftigung in der Landwirtschaft meine Uniform ablegen? Ich habe eine Vorliebe dafür, und meine Galle macht mir zu schaffen.«

Man hörte sie beide lachen. Der Professor sagte: »Nun ja. Ich habe bis zum heutigen Tag keine originellere Rechtfertigung für das Morden gehört. Aber...«

Der Präsident winkte ab. Er hatte genug gehört und war bereit, seine Entscheidung zu fällen.

»Der Professor«, sagte er, »scheint nicht genau zu wissen, ob er lebendig oder tot ist. Er quält sich durch einen Morast von nutzlosem, revisionistischem Gedankengut. Um zur Klärung seines Denkens beizutragen, wird er während seiner Sicherungsverwahrung mein Buch über die sozio-ökonomische, politische Philosophie für das neue Afrika lesen. Das sollte ihm eine sinnvolle Grundlage für zukünftige

Gespräche verschaffen. Der General wird morgen früh, sobald er um acht Uhr zur Arbeit kommt, entlassen. Ich selbst werde die Position des Oberbefehlshabers der Armee übernehmen. Der General wird keine alternative Arbeitsstelle finden, und er wird die Hauptstadt nicht verlassen. Wenn wir ihm derartig frustrierende Hindernisse in den Weg legen, wird er zur Aktion gezwungen. Sicherlich wird er mit einer Intrige beginnen. Auch wenn die meisten unserer Genossen ängstliche Schwächlinge sind, die ihren Kameraden links liegen lassen, sobald sich der Wind gegen ihn dreht, wird der starrköpfige Professor doch sofort zu ihm eilen. Er wird verhaftet, sobald er das Haus des Generals wieder verläßt. Sollte sich dieser in die Verhaftung des Professors einmischen, prügeln Sie ihn ein wenig, aber bringen Sie ihn auf keinen Fall um. Die Verhaftung des Professors dient dazu, mögliche Sympathisanten abzuschrecken. Ich will, daß der General sich bewegt und den ersten Schritt unternimmt. Um ein Klischee zu bemühen: Wir drehen dem General den Strick, den er braucht, um sich selbst zu erhängen.«

Professor Okola hörte erst von der Entlassung seines Freundes, als er zum Mittagessen die Kantine betrat. Danach fühlte er sich den ganzen Tag krank und war abgelenkt. Selbstverständlich geschahen derartige Dinge mit fast täglicher Regelmäßigkeit. Hochangesehene Männer verschwanden plötzlich aus der Öffentlichkeit. Das Land war gespalten. Es gab diejenigen, die laut und krakeelend jede Entscheidung der Regierung guthießen, und eine riesige schweigende Mehrheit, die sich keine Illusionen mehr machte über den Preis, den man zahlt, wenn man sich der Tyrannei widersetzt. Freundschaft und das Wissen um den

Wert eines Menschen schrumpften vor einem so hohen Berg von Tyrannei, bis sie bedeutungslos wurden. Er war so unkonzentriert, daß er nicht unterrichten konnte und seine Studenten einen Aufsatz schreiben ließ. Unbewußt schritt er auf und ab und rang die Hände. Die Studenten senkten die Blicke und gaben vor, nichts zu bemerken. Er war der beliebteste Dozent. Die Sonne ging bereits unter, als er endlich frei hatte. Er ging sofort zum Haus des Generals.

Eine Freundschaft wie die ihre war harmonisch und selten. Auf der einen Seite der Professor, der sich daran gewöhnt hatte, die ruhige und verläßliche Anwesenheit des Generals beinahe wie ein Medikament zu sich zu nehmen. Er war ein übersensibler, nervöser Mann und hatte manchmal kleine gesundheitliche Probleme, die die Folge seines nervösen Temperaments waren – eine plötzliche Lähmung in den Armen oder ein plötzlicher und abrupter Mangel an Energie. Wenn er in einer Krise steckte, bebten seine Lippen oft unbeherrscht. Der General strahlte eine unbeirrbare Ruhe und Kraft aus. Auf der anderen Seite war er sich der Grenzen seiner Interessen bewußt. Jemand mußte ihm einen weiten und offenen Horizont zeigen, und Professor Okola interessierte sich für *alles*.

An jenem Abend saß General Aksan in seinem Wohnzimmer und las. Es klopfte eindringlich. Seine Frau öffnete die Tür, und Professor Okola eilte herein. Die Sorge stand ihm ins Gesicht geschrieben.

Der General lächelte. Er sagte: »Du hättest nicht herkommen sollen, mein Freund. Es gibt ein verstecktes Motiv in dieser Sache. Warum bin ich nicht verhaftet worden wie alle anderen?«

Der Professor richtete sich stolz auf.

»Aksan, ich besitze ein kleines Vermögen, und das nennt man individuelle Freiheit. Kein Mensch, außer er kettet mich an, wird mich daran hindern, dich zu besuchen.«

Er setzte sich. Die Frau des Generals zog sich schweigend zurück, um ihnen eine Erfrischung zu bereiten. Sie war eine schüchterne, in sich gekehrte Frau mit einem langen, schmalen und schwermütigen Gesicht. Sie hatten keine Kinder.

Professor Okola fragte: »Was wirst du jetzt tun, Aksan?«

»Ich weiß es nicht genau, Okola«, sagte er. »Aber ich habe heute ein Gartenbuch in meiner kleinen Sammlung gefunden. Ich dachte mir: Eines Tages werde ich vielleicht mit Okola die Erde umgraben müssen, die Landwirtschaft ist mir aber ein zu weitläufiges Thema, als daß ich sie in meinem Alter verstehen könnte. Vielleicht reicht das Gärtnern, und auf meinem Hinterhof gibt es ein großes und eingezäuntes Stück Land.«

Professor Okola lachte.

»Wenn ich daran denke, Aksan, daß ich dir gerade neulich sagte, ich würde dich wohl dazu überreden müssen, deine Uniform abzulegen –, und jetzt hat man dich gezwungen, sie abzulegen. In Zivilkleidung siehst du wirklich wie ein normaler Mensch aus. Ja, die Ereignisse eilen uns tatsächlich voraus.«

»Ich habe das Gefühl, daß sich die Ereignisse logisch entwickeln«, sagte der General.

Der Professor sah seinen Freund verständnisvoll an.

»Wir sind vom Sog des Bösen umgeben. Vielleicht hast du recht. Die Entwicklung des Bösen ist logischer als die des Guten. Man spürt fast, daß das Ende irgendwo in Sicht ist –

ein katalytisches Ende. Was war der Grund für deine Entlassung, Aksan?«

»Man verdächtigt mich der Illoyalität«, sagte der General.

Er schwieg eine Weile, dann fuhr er nachdenklich fort: »Afrika«, sagte er. »Ein Kontinent, wo die Menschen aufgehalten werden müssen, weil sie sich wie geschmolzenes Feuer ausbreiten, und diejenigen, die sie aufhalten, müssen wiederum selbst aufgehalten werden. Sagen wir mal, es gibt einen Vulkan hier. Kann man einen Vulkan aufhalten, wenn er gerade ausbricht? Eine verrückte Vorstellung? Warum mißtrauen wir einander so zutiefst? Warum fürchten wir so zutiefst die Konkurrenz der anderen? Ich habe das Gefühl, daß es in unserer Geschichte eine düstere und uralte Vergangenheit gibt, in der das totale Chaos herrschte. Die Menschen müssen wild und rebellisch und frei gewesen sein, und das wurde vor langer Zeit verurteilt. Das System der Unterdrückung ist hier so uralt.«

Professor Okola wirkte erschrocken.

»Oh, Aksan«, sagte er. »Es macht mich traurig, dich so sprechen zu hören. Du bist kein Philosoph, sondern ein Mann der Tat. So kenne ich dich gar nicht.«

»Kann ein Mann der Tat sich nicht auf die Einsamkeit vorbereiten, Okola?«

Die Frau des Generals kam mit Erfrischungen. Die übrige Zeit verbrachten sie schweigend. Der Schock hatte bei den beiden Freunden Unbehagen und düstere Vorahnungen ausgelöst.

In dem Moment, als der Professor am Gartentor seine Hand hob, um der einsamen Figur des Generals, der im Schatten des Hauseingangs stand, einen letzten Gruß zuzuwinken, sprangen zwei uniformierte Männer aus der dunklen Nacht hervor und packten ihn grob an beiden Armen. Er hörte den knappen Befehl; eine flinke Bewegung und die tiefe, ernste Stimme des Generals: »Laßt ihn los oder bringt mich um.«

Das Herz des Professors hämmerte vor Schmerz.

»Aksan«, sagte er scharf. »Das geht dich nichts an. Misch dich nicht ein.«

Der Professor wurde abtransportiert. Eine lange Stunde blieb der General wie angewurzelt dort stehen und versank in ein Schweigen aus finsterer und grausamer Wut. Als er wieder ins Haus trat, tat seine Frau so, als hätte sie nicht geweint. Sie fürchtete, daß es ihr als Schwäche ausgelegt werden könnte, und Schwäche, eine wie auch immer geartete Schwäche, war das, was er am allermeisten haßte.

Zwei Tage später demonstrierten die Studenten vor der prächtigen Residenz des Präsidenten für die Befreiung von Professor Okola aus der Sicherungsverwahrung. Man sagte, die Studenten hätten den Aufstand geprobt, und die Polizei schritt mit aller Macht ein, es gab ein paar Schädelbrüche, und eine große Anzahl von Studenten war verhaftet worden. Das lieferte dem Präsidenten einen Vorwand, eine gewaltige, doppelwandige Steinbarrikade um seine Residenz errichten zu lassen. Die Nachricht, daß die Armee ihm eine Unterschriftenliste überreicht hatte, mit der sie sich weigerte, ihn als ihren Oberbefehlshaber zu akzeptieren, wurde sorgfältig vertuscht. Dann sahen die Leute zweihundert fremde, ausländische Wachen bei der Residenz des Präsidenten ihren Dienst ausüben. Ansonsten schien alles wie gehabt zu laufen. Nur ausländische Hetzer, so nannte man sie, veröffentlichten immer wieder Zeitungsartikel über die Wirtschaft des Landes und behaupteten, sie sei von Inflation und Bankrott bedroht. Doch das erwies sich schnell als falsch. An jeder Straßenecke stand ein Mercedes-Benz.

Den General schien man vergessen zu haben. Es war, als hätte er sich selbst eine Art Hausarrest auferlegt. Der Hof hinter seinem Haus nahm nach und nach die Gestalt eines üppigen, tropischen Gartens an. So vergingen ein Jahr und zwei Monate.

An einem kühlen und ruhigen tropischen Winternachmittag waren plötzlich Schreie und das Trampeln fliehender Füße zu hören. Steine und zerbrochenes Glas sorgten in den vier Stunden, die jener kühle tropische Winternachmittag dauerte, für eine ständige Geräuschkulisse. Doch der General las weiter. Seine Frau bestickte schweigend ein Tischtuch.

Am frühen Abend klopfte es energisch an die Tür. Der General öffnete. Eine Gruppe von fünf Offizieren der Armee trat ein. Sie stellten sich in Reih und Glied auf und salutierten knapp. Der Sprecher der Gruppe erklärte ihm, daß sie die Regierung gestürzt hätten und gekommen seien, um ihn zu bitten, die Führung der neuen Militärregierung zu übernehmen. Er sagte nichts. Doch er ging die Treppe hinauf zu seinem Schlafzimmer. Augenblicke später erschien er wieder in voller Uniform, an der die Knöpfe blitzten. Diese ruhige, großartige, männliche Geste war die einzige, mit der er ihnen seine Bereitschaft bestätigte, die neue Regierung zu führen.

Am gleichen Tag fuhr kurz vor Mitternacht ein Militärfahrzeug zum Straflager. Keiner schlief, und es wurden anscheinend Tausende und Tausende neue Gefangene in das Straflager gebracht. Professor Okola war entsetzt und wußte nicht, was das plötzliche, unruhige Durcheinander zu bedeuten hatte. Es klang wie am Tag des Jüngsten Gerichts, das Klagen und Weinen und Knirschen der Zähne. Er erschrak noch mehr, als sein Name ausgerufen wurde und man ihn durch die Straßen fuhr. Das Licht des Fahrzeugs griff überall Leichen auf, die in Blutlachen lagen.

»Was ist passiert?« fragte er.

»Es gab eine Revolution«, antwortete ihm ein Offizier.

Die Lippen des Professors bebten. Er hatte sich niemals ein solches Trümmerfeld aus Blut und Leichen ausgemalt.

»Wohin bringen Sie mich?« fragte er. Es war, als könnte der Tod, der womöglich auf ihn wartete, endlich eine willkommene Erleichterung für ihn sein.

»Ihr Freund, der General, möchte Sie sprechen«, antwortete ihm der Offizier wieder. »Er ist der Führer der neuen Regierung.«

Dem Professor verschlug es die Sprache. Aksan, ein Politiker? Aksan, der Urheber dieser chaotischen Zustände? Er suchte fieberhaft nach Argumenten. Vielleicht hatte er genug Zeit; schnell, schnell, schnell; wie konnte er Aksan herausziehen aus dieser Arena von Haß und Intrige und Habsucht und Rache?

Doch als er seinem Freund gegenüberstand, sank seine Hoffnung zu Boden. Es gab nichts als die grenzenlose Verzweiflung. In den schwarzen Augen seines Freundes sah er das grelle, erhebende Licht des Sieges leuchten. Unter den Offizieren, die im Büro des Generals ein und aus gingen, wurde viel strammgestanden und mit den Hacken geknallt. Professor Okola beobachtete die Szene wie durch einen Nebel der Verzweiflung.

Schließlich winkte der General ab und schloß die Tür. Sie waren alleine. Er musterte seinen Freund aufmerksam und lachte laut.

»Okola, mein Freund«, sagte er. »Du zitterst ja wie Wakkelpudding.«

Der Professor war immer noch sprachlos. Der General brüllte vor Lachen.

»Ich kenne dich gut, Okola. Du fragst dich gerade: Ist Aksan jetzt auch ein gewaltsüchtiger Tyrann geworden? Nun, du solltest mich gut genug kennen. Ich bin natürlich auch hier, weil ich eine Vorliebe für die Macht habe, doch vor allem ist unsere Gesellschaft fast an der Habsucht und Tyrannei einiger weniger Männer zugrunde gegangen. Du warst derjenige, Okola, der lauthals eine neue Gesellschaft forderte, und jetzt, wo du die Möglichkeit hast, für Wahrheit und Gerechtigkeit eine Lanze zu brechen, stehst du da und betest verzweifelt, daß der Fluß des Lebens stehenbleiben möge.«

»Du kannst mich nicht dazu zwingen, Politiker zu werden«, sagte der Professor laut und bestimmt.

»Okola, du bist ein Anarchist, ein gefährlicher und radikaler Anarchist. Du glaubst doch nicht etwa, daß ich dir erlauben werde, dich frei zu bewegen, damit du die Regierung mit Mißachtung strafen und ins Lächerliche ziehen kannst? Schließlich könntest du alleine in sechs Tagen eine Konterrevolution starten! Spaß beiseite, mein Freund, ich brauche dich. Ohne dich bin ich verloren. Im Eifer des Gefechts und angesichts der erschreckenden Praktiken in der ehemaligen Regierung, habe ich eine freie Marktwirtschaft für alle angekündigt und werde deswegen bereits auf dem ganzen Kontinent als verräterischer Handlanger Washingtons verdammt. Nicht, daß mich das stört. Das Problem ist das wirtschaftlich ruinierte Land. Diese Verbrecher haben sich das Geld auf die hohe Kante gelegt. Ich rufe M. M. Makhudo morgen aus dem Exil zurück und, wenn du willst, kannst du mit ihm in der wirtschaftlichen Planungsabteilung zusammenarbeiten. Wir brauchen so viel, Okola, und eine Garantie dafür, daß wir die Fehler der ehemaligen Regierung nicht wiederholen, gibt es nicht. Ich allein bin nicht die Regierung, und es gibt Tausende von Verbrechern, die nur auf die Gelegenheit warten, das Volk wie Blutsauger auszubeuten. Das Volk hat aber die vereinte Macht seines Willens, sich gegen das Böse zu wehren, noch nicht ganz begriffen. Die Leute nehmen die Tyrannei schweigend hin und warten darauf, daß ein Mensch dagegen angeht.«

Der Professor saß in der Klemme. Er konnte seinen Freund in dieser gefährlichen Welt nicht allein lassen.

»Versprich mir eines, Aksan«, sagte er langsam. »Versprich mir bitte, daß wir eines Tages, recht bald, das alles hier hinter uns lassen und gemeinsam die Erde umgraben.«

Sohn unserer Erde

Jede Generation lebte in ihrer eigenen Zeit, und keine Generation wußte von den Plagen, die die älteren Generationen erlitten hatten. Das Abrutschen in die hoffnungslose Sklaverei aber war wie eine rhythmische Berechnung aufgegangen, seit der erste weiße Mann das Land betreten hatte. So dunkel und übel war die Geschichte des Landes, daß die wahren Einzelheiten der Unterdrückung niemals aufgezeichnet wurden.

Die Missionare, die mit ihren Diensten Pionierarbeit bei den Stämmen leisteten, sagten zunächst freundliche Dinge. Sie sagten, daß die europäischen Stämme ihre Bildung den Römern zu verdanken hätten, daß sie damals genauso waren wie die Stämme Südafrikas, die nichts von Bildung und Fortschritt wüßten. Die Missionare waren gekommen, um den Stämmen Bildung und Wissen zu bringen.

»Diesmal packen wir den Stier bei den Hörnern«, sagten die Leute, voller Verwunderung über die neue Bildung. »Der weiße Mann ist alt vor Weisheit.«

Das Leben war damals leicht und gut. Die Männer besaßen riesige Rinderherden. Zudem jagten sie, und sie gerbten Tierhäute und fertigten daraus Kleidungsstücke und Schuhe. Ihr Vieh weidete in grünen Tälern, und in der Mittagshitze dösten die Hirten im Schatten der Bäume. Über die Herabsetzung von Werten zwischen ihnen und den fremden Zuwanderern flüsterten die Leute nur. Die fremden Zuwanderer fieberten nach »hübschen, kleinen Steinchen« und nach goldenem Metall, das aus den Tiefen der

Erde gegraben wurde. Sie konnten das Fiebern nach Diamanten und Gold nicht verstehen, sie hatten doch keinen nützlichen Wert.

»Eisen ist wahrscheinlich das Beste von allem«, sagten sie. »Seit dem Beginn aller Zeiten schmieden wir daraus Pflüge und Speere und Äxte. Das ist ein Wissen, das unserer Rasse eigen ist.«

Es blieb nicht viel übrig von den Erinnerungen an das frühe Zeitalter. Die Konzessionsdokumente für den Abbau von Gold und Diamanten trugen alle eine kleine Unterschrift eines Chiefs, der ihre Schrift weder lesen noch schreiben konnte. Schnaps floß wie Wasser durch dieses Zeitalter – einige Teile des Landes wurden mit Alkohol bezahlt, andere mit gegenseitigen Freundschaftsbekundungen, und der Rest wurde erworben durch List und Betrug. Als den Menschen das Land endgültig abgerungen worden war, wurde der »Schnaps des weißen Mannes« für ein Jahrhundert ein hochwertiges alkoholisches Getränk, das für den »Kaffer« nicht geeignet war.

Das Recht auf Landbesitz wechselte schnell in andere Hände. Das erschrockene Flüstern der Leute wurde nicht erhört.

»Wir haben gewissen weißen Männern das Recht eingeräumt, eine Farm in unserem Land zu besitzen – denjenigen, die uns geholfen, die bei uns gelebt, die für uns gekämpft haben. Diese Männer kennen wir, und wir hätten jederzeit unsere Hand für sie ins Feuer gelegt. Die Farmen und ihre dazugehörenden Rechte sind ein Geschenk und nicht etwas, was nach unserem Brauch verkauft werden kann. Wir erlaubten ihnen, dort zu leben und zu pflügen. Sie haben das Land verkauft und dafür Geld bekommen.

Wir bitten sie, das Geld denen zurückzugeben, die den Gewinn ermöglicht haben ...«

Der Protest wurde nicht in den Zentren der Macht ausgesprochen, sondern, wie es der Tradition entsprach, abends an den Feuerstellen. Er war lächerlich, denn er drang nicht bis an die Ohren der europäischen Nationen, die begannen, den Kontinent Afrika zu ihrem eigenen Nutzen aufzuteilen. Immer häufiger wurde ein einziger weißer Mann zum Besitzer eines riesigen Landareals, und die Stämme wurden Squatter und Pächter auf ihrem eigenen Land. Trotz des neuen Status als Squatter und Pächter pflügten sie weiterhin traditionsgemäß das Land, doch wenn sie die Ernte eingebracht hatten, überreichten sie die Hälfte davon dem neuen Großbesitzer und zahlten so ihren »Zehnten« für das Vorrecht, auf seinem Land arbeiten zu dürfen. Selbstlos akzeptierten sie ihren neuen Status.

»Wir haben das Land verloren, weil wir ungebildet und unzivilisiert waren«, sagten sie.

In den dreißiger Jahren des 19. Jahrhunderts kündigte sich ein neues Zeitalter der kolonialen Expansion ins Binnenland des südlichen Afrika an. Bis dahin hatten die Fremden ihre Niederlassungen auf die Kapprovinz konzentriert. Die Interessen der Briten und Holländer, auch Treck-Buren genannt, waren in dem Land unvereinbar. Die Buren rieben sich an den Einschränkungen und der Kultiviertheit der britischen Regierung in der Kapprovinz. 1833 schafften die Briten die Sklaverei in ihren Kolonien ab und boten den ehemaligen Sklavenbesitzern eine Wiedergutmachung an. Die Buren, die sich inzwischen wie Blutegel auf den Rükken der schwarzen Männer festgesaugt hatten, standen der

Befreiung von Sklaven zutiefst abgeneigt gegenüber. Die Buren waren der Meinung – so steht es in ihren Geschichtsbüchern –, daß die Briten ihre Sklaven befreien mußten, weil sie sie nicht nett behandelten. Die Buren brauchten ihre Sklaven nicht zu befreien. Es bestand eine besondere Beziehung zwischen dem Buren und dem schwarzen Mann. Der schwarze Mann mußte ausgepeitscht werden – ein alltägliches, natürliches Geschehen in seinem Leben; der schwarze Mann mußte der Diener eines weißen Herrn sein. Darüber hinaus hatte der schwarze Mann kein eigenes Leben. Die Buren starteten den großen Treck und verließen die Kapprovinz, um sich ihre freie Lebensweise zu bewahren.

1852 gründeten die Buren ihre erste unabhängige Republik im Transvaal, 1854 folgte die Republik des Oranje-Freistaates. Die Kapprovinz und die Provinz Natal gehörten den Engländern.

Es gab keinen Kolonialherren, der von den schwarzen Menschen so geliebt wurde wie der Brite, und die Kapprovinz entwickelte sich zu einem Kultur- und Bildungszentrum für schwarze Männer. Große Landareale wurden den Schwarzen zugewiesen, und für die Zukunft waren Expansion und Fortschritt geplant. Falls sich in der Nachahmung die geschicktesten Schmeicheleien verbergen, so waren die schwarzen Männer, die nach Bildung strebten, Musterbeispiele der britischen Lebensweise. Sie trugen elegante Anzüge im viktorianischen Stil und tauschten höflich ihre Visitenkarten aus. Sie schrieben Bücher in der blumigen, ausschmückenden Sprache der viktorianischen Zeit, und auch die Liebe, das Familienleben und die Kindererziehung blieben von der viktorianischen Sentimentalität nicht unberührt.

Eine ganz andere Lebensweise entfaltete sich in den beiden Buren-Republiken. Das Land wurde den Stämmen abgerungen durch Plünderei und Zwang, und das Leben entwickelte sich zu einem Alptraum aus ununterbrochenem Grauen.

»Kein Kaffer darf in unseren Staaten Land oder Vieh besitzen«, verkündeten die Buren. »Kein Kaffernkind wird in unseren Staaten eine Schulbildung erhalten. Im Alter von fünfzehn Jahren müssen die Kaffernkinder ihre Dienste bei einem weißen Mann antreten, oder sie werden ins Gefängnis gesperrt ...«

Eine unsinnige Logik bestimmte die Tagesordnung. Die Buren bauten sich ihre Kirchen, Schulen und Dörfer auf, die alltägliche Arbeit in den Dörfern aber wurde von schwarzen Händen verrichtet. Man mußte die Schwarzen verhaften und ins Gefängnis stecken, bevor sie merkten, daß ein Gott in der Buren-Kirche nicht derselbe universale Gott war wie der, der gekommen war, um sie vor »heidnischen Wegen« zu retten. Ein Buren-Gott in einer Buren-Kirche gehörte den Buren allein. Schüchtern, unterwürfig und mit gewaltsam gebrochenen Willen ließen sich die Schwarzen in den Dörfern von den Bürgersteigen herunterschreien, die mit ihrer Hilfe gebaut worden waren.

Es ereignete sich eine Menge in den achtziger Jahren des 19. Jahrhunderts. 1886 wurde am Witwatersrand in der Buren-Republik Transvaal die größte Goldmine der Welt entdeckt. Sie lockte eine große Anzahl Abenteurer aus England und Europa heran, die alle über Nacht ein Vermögen zu verdienen hofften. Sie wurden von den Buren »Ausländer« genannt, bis fast auf den Status der Schwarzen degradiert und erhielten keine Handelsrechte. Teilweise, weil man sich dem widersetzte, teilweise, weil die Buren im Transvaal den freien Handel zwischen ihren Republiken und den britischen Kolonien unmöglich machten, brach 1899 der Anglo-Burenkrieg aus.

Fast über Nacht wurden die Buren wie Helden in Europa gefeiert, »das kleine, kampfbereite, mutige Volk«, das unerschrocken einen Guerillakrieg gegen einen übermächtigen imperialistischen Staat führte. Der Krieg dauerte an, weil man sich gegen die britische Kriegführung widersetzte, gegen die zahllosen Burenfrauen und Burenkinder in den Konzentrationslagern und gegen die abgebrannten Burenfarmen. Schwarze Figuren schlichen sich leise nachts durch die feindlichen Fronten und trugen die Nachrichten und Eilbotschaften von einem britischen Kommandoposten zum anderen.

»Als wir dahinterkamen, daß sich die Kaffern auf die Seite der Briten geschlagen hatten, sah es düster für unsere Sache aus«, sagten die Buren. »Wir entschieden uns, über den Frieden zu verhandeln.«

1902 begannen die Engländer, die den Krieg gewonnen hatten, für alle eine neue Gesellschaftsordnung auf der Basis von Gerechtigkeit und Gleichheit zu planen. Die Eingeborenen des Landes würden das Wahlrecht erhalten, sagten sie.

»Wenn die Kaffern in die Verfassung einbezogen werden«, konterten die Buren, »werden wir einen Aufruhr starten.«

Es war eine unbedeutende Sache im Vergleich zu dem großen Ziel, die Feindseligkeiten zwischen Buren und Briten zu bereinigen, und die Schwarzen wurden aus der Verfassung ausgeschlossen. Das Land wurde 1910 *Südafrikanische Union* genannt, und England überschrieb der neuen

Unionsregierung sein Besitzrecht an der Kapprovinz und an der Provinz Natal.

Zwei Jahre vergingen, dann begann still und leise der Alptraum des Grauens. An einem Tag im Juni 1913 verabschiedete das Parlament der Unionsregierung ein neues Gesetz. Damit wurden alle schwarzen Menschen im Land offiziell zu Besitzlosen erklärt:

»Der Eingeborene ist nicht berechtigt, von einem Landbesitzer eine Farm oder ein Stück Land zum Weiden oder Pflügen zu pachten oder zu kaufen. Der Landbesitzer, der einem Eingeborenen eine Farm oder ein Stück Land zum Weiden oder Pflügen verpachtet oder verkauft, erhält eine Geldstrafe von 100 Pfund oder eine Haftstrafe von sechs Monaten. Alle Eingeborenen, die als Squatter auf den weißen Farmen leben, werden mit ihrem Vieh sofort ausgewiesen und auf die Straßen getrieben, sobald die entsprechende Anordnung vorliegt. Dem so vertriebenen Vieh darf kein Wasser und keine Weide zugestanden werden, bis der eingeborene Besitzer es verkauft. Der Eingeborene darf von einem weißen Farmer eine rechtmäßige Arbeitsstelle erhalten. Sobald der Eingeborene Lohnarbeiter ist, darf sich der Landbesitzer an seinem Vieh bereichern, ohne dafür einen Preis zu zahlen...«

Das Gesetz fuhr in diesem Tenor beständig fort: »Der Eingeborene darf sich ohne einen gültigen Paß nicht bewegen. In dem Paß des Eingeborenen muß sich die Unterschrift seines weißen Arbeitgebers befinden, die beweist, daß der Eingeborene eine rechtmäßige Arbeitsstelle hat. Der Lohn eines eingeborenen Farmarbeiters beträgt einen Shilling pro Tag. Der Lohn eines eingeborenen Minenarbeiters beträgt einen Shilling und zwei Penny pro Tag...«

Das Zeitalter, in dem Pacht und Landbesitz nach dem Zamindari-System geregelt wurden, war von einem Tag auf den anderen beendet worden. Eine Million schwarzer Menschen, die Pächter gewesen waren, zogen für sechs Monate mit ihrem verendenden Vieh auf den Landstraßen entlang. Auf keinem Quadratzentimeter ihres eigenen Landes durfte ihr Vieh weiden oder Wasser trinken. Die eleganten schwarzen Männer, die sich nach britischer Tradition gebildet hatten, tauchten plötzlich aus den städtischen Gebieten um Kapstadt und Kimberley auf. Sie reisten durch das Land und sammelten Informationen über das unbeschreibliche Elend, das die Schwarzen unter dem neuen Gesetz erlitten. Ihre Hoffnungen waren auf England gerichtet, und sie entwarfen ein Manifest, das sie der britischen Krone überreichten.

»Wir haben keine Repräsentanten im Parlament«, sagten sie. »Und wir haben kein Wahlrecht. Das Recht besteht nur für die weißen Menschen, und wir akzeptieren nicht die Gesetze eines Parlaments, das für die schwarzen Menschen keine Verantwortung übernimmt.«

Sie entsandten eine Delegation ihrer eigenen Leute nach England. Außer der breiten Öffentlichkeit, die immer für eine gute Sache eintrat, begegnete der Delegation nur die kaltäugige Gleichgültigkeit der Machthabenden im britischen Parlament.

»Das Land Südafrika gehört jetzt den Weißen«, sagten sie. »Und man hat uns versichert, daß die Eingeborenen unter dem neuen Recht auf Landbesitz nicht leiden . . . «

Es blieb den Besitzlosen keine andere Hoffnung, als ihre billige Arbeitskraft zu verkaufen. Und so war ein Zeitalter zu Ende gegangen, und die folgende Generation wußte nichts davon. Es war so beschämend, daß es in den Geschichtsbüchern nicht erwähnt wurde. In die Geschichte ging nur ein, daß die südafrikanische Regierung eine demokratische Regierung war, daß die ersten Siedler hinterhältige Angriffe durch Primitive erlitten, wie etwa durch Dingaan und seine Zulu-Krieger, daß Dingaan zwei Buren hatte töten lassen, die friedlich mit ihm um das Recht auf Landbesitz verhandeln wollten, und daß die Buren seine Zulu-Armee aus Rache vernichteten. Das geschah am 16. Dezember 1838, und der Tag sollte für immer als Dingaan-Tag gefeiert werden.

Es folgte eine Zeit der Ruhe, in der sich im weißen Südafrika eine traditionelle Lebensweise entwickelte.

»Unsere Eingeborenen sind anders als alle anderen Eingeborenen«, sagten sie selbstzufrieden. »Sie können sich weiterentwickeln. Wenn sie erst einmal für uns arbeiten, werden sie zivilisierter werden.«

1948 triumphierte die nationalistische Partei, die von den Buren dominiert wurde, und es brach ein neues Zeitalter auf der politischen Bühne des Landes an – das der organisierten Massenproteste, Demonstrationen und Konferenzen. Es gab vieles, wogegen protestiert und demonstriert werden mußte, als im Parlament ein widerwärtiges Gesetz nach dem anderen verabschiedet wurde und die Apartheid oder strikte Rassentrennung zur Tagesordnung gehörte. Proteste und Demonstrationen nützten nichts, außer daß der Lohn von einem Shilling pro Tag auf zwei Pfund pro Tag erhöht wurde. Üble Bestimmungen wurden ohne Bedenken in den Gesetzbüchern des Landes festgeschrieben, und unter den Menschen verbreiteten sich Enttäuschung und Apathie. Es war eine Welt, gegen die man nicht zu appellieren wagte.

1957 flackerten die Hoffnungen noch einmal kurz auf. Ghana war das erste Land in Afrika, das seine Unabhängigkeit von einer Kolonialmacht zurückgewann, und bald darauf folgten alle afrikanischen Kolonien und Protektorate, die unter britischer Herrschaft standen. Langsam entwikkelte sich in Südafrika eine rührende, kleine, kuriose Geste, die einen neuen Ton der Identifikation mit dem befreiten Afrika anschlug. Zum erstenmal fanden die Schwarzen für sich einen Namen ihrer Wahl. Sie waren Afrikaner. Bis dahin hatten sie Namen erhalten, die der Zeit entsprachen. »Kaffer«, was dasselbe bedeutet wie »Heide« oder »Ungläubiger«, wurde abgelegt, als sich »Eingeborener« als geeigneter erwies. 1948 wurde »Bantu« zur offiziellen Anrede. Weiße Zeitungsherausgeber wurden nun über einen langen Zeitraum hinweg ständig mit Briefen bombardiert, die sie eindringlich dazu aufforderten, schwarze Menschen nicht Eingeborene oder Bantu zu nennen, sondern so, wie sie hießen – Afrikaner.

Die meisten Schwarzen lebten inzwischen in städtischen Gemeinschaften, in überfüllten, preisgünstigen, von der Stadt verwalteten Siedlungen, die außerhalb der großen Städte lagen und dazu dienten, diese Städte mit billigen Arbeitskräften zu versorgen. Vor diesem Hintergrund und mit einem neuen stolzen Gefühl für das befreite Afrika wurde am 21. März 1960 die Kampagne gegen den »Paß« für schwarze Männer durchgeführt.

»Wir weigern uns, den Gesetzen des Landes zu gehorchen, weil wir keinen Einfluß auf die Gesetze haben, die uns auferlegt werden«, lautete das Motto der Kampagne. »Wir weigern uns, noch länger einen Paß bei uns zu tragen.«

Und die Leute sagten: »Meine Güte, etwas ganz Neues! Das hat noch nie jemand ausgesprochen! Und wie recht sie haben!«

Sie wußten nicht, daß eine Generation von eleganten, nach britischer Tradition gebildeten schwarzen Männern die gleichen Proteste unter den gleichen Bedingungen bereits 48 Jahre zuvor durchgeführt hatten. An dem dazu bestimmten Tag marschierten die Männer, anstatt in Bussen und Zügen zur Arbeit zu fahren, massenweise zu den Polizeistationen im ganzen Land, um ihre Pässe vor den Toren der Polizei auf große Haufen zu legen. Jede neue Gruppe, die zu den bereits versammelten Männern stieß, wurde still begrüßt: »Sohn unserer Erde«, sagten sie.

Um etwa zehn Uhr an jenem Morgen ging plötzlich ein erstauntes Raunen durch die Menge der Männer, die vor der Polizeistation in Johannesburg stand. Ein großer Mann in einem teuren Anzug hatte sich der Menge schweigend angeschlossen. Er warf seinen Paß auf den Haufen und starrte lange nachdenklich auf den Boden. Er erwähnte nicht die große Tat, die er an diesem Tag gewagt hatte, und die Männer begrüßten ihn nur mit: »Sohn unserer Erde.«

Erst als ein paar Frauen aufgeregt zur Polizeistation eilten, hörten alle von seiner unglaublichen Geste. In jedem städtischen Haus befand sich, in einer Ecke angebracht, ein kleiner, brauner Kasten mit einem einzigen Schalter. Er gehörte dem staatlichen Radio *Bantu Re-diffusion Service*. Den ganzen Tag leierte der Kasten Musik und Nachrichten, die von der Regierung kontrolliert wurden. Für Schwarze war es zu gefährlich, ein gewöhnliches Radio zu besitzen und die Weltnachrichten zu hören, und so konnte der Kasten mit dem Schalter entweder eingestellt oder ausgestellt werden. Der Mann war ziemlich bekannt, denn er war der Hauptnachrichtensprecher beim *Radio Bantu*, und, da er zu seinem Sender stand, erhielt er ein sehr gutes Gehalt. An jenem Morgen hatte er, anstatt die Regierungspropaganda zu verbreiten, seine eigene Nachricht verkündet.

»Frauen«, sagte er. »Eure Männer sind anstatt zur Arbeit zu den Polizeistationen gegangen und lassen sich lieber für den Rest ihres Lebens ins Gefängnis sperren, als die verhaßten Pässe bei sich zu haben. Die Buren besitzen das Monopol von allem hier, doch sie wollen auch noch unser Denken durch diesen Sender manipulieren. Reißt diese Kästen von den Wänden! Werft sie auf die Straßen! Verbrennt sie!«

Und er verließ seinen Sender für immer. Die Frauen traten lachend und rufend aus ihren Häusern, trugen die kleinen Kästen in den Armen und warfen sie an jeder Straßenecke auf einen Haufen.

Um etwa elf Uhr an jenem Morgen verbreitete sich im ganzen Land die Nachricht, daß vor einer Polizeistation in Sharpeville 60 Menschen erschossen worden waren. Es war eine friedliche Demonstration, und die Männer, die vor der Polizeistation in Johannesburg standen, starrten weiter schweigend in die Ferne, trotz dieser Nachricht. Aus der Menge sagte ein junger Mann unerwartet:

»Ich glaube, ich weiß, warum sie das getan haben. Die Buren müssen immer schwarzes Blut vergießen, wenn irgendwo weißes Blut vergossen wurde. Vor einem Monat war ich in Cato Manor in Durban, als zwei Buren-Polizisten ermordet wurden. Die Buren kommen jeden Sonntag und stellen das Township auf der Suche nach Alkohol und Bier auf den Kopf. Sie gehen jeden Sonntag durch das Township, treten Branntweinflaschen um, kippen Bierfässer aus und verhaften dann alle, die noch zu sehen sind. Das taten sie auch an jenem Sonntag und schleppten dann eine Gruppe Männer zu ihrem Wagen. Plötzlich rief jemand: ›Die Buren piesaken uns täglich! Nie lassen sie uns in Frieden! Sie machen einem das Leben zur Hölle!‹ Da drehten die Leute einfach durch. Sie warfen die Buren-Polizisten auf den Boden und setzten sich ihnen auf die Brust. Wir anderen, die noch in den Häusern saßen und zu Mittag aßen, wurden herausgezerrt, damit alle sehen konnten, was den Buren angetan wurde. Ein Bure schrie: ›Mutter, o meine Mutter, wo bist du?‹ Seine Ohren wurden abgeschnitten und ihm in den Mund gestopft. Man stach wieder und wieder auf die Buren ein, bis nur noch ein blutiger Brei übrigblieb ...«

Der Notstand wurde ausgerufen, die politischen Organisationen, die die Stimme des Volkes darstellten, wurden rigoros verboten, und so endete das Zeitalter der Massenproteste und Demonstrationen. Auch dieses Zeitalter wird zweifellos in Vergessenheit geraten, denn diese Seite der Geschichte wird in den Geschichtsbüchern nicht aufgezeichnet.

Die historische Grundlage dieser Kurzgeschichte habe ich aus:

Sol T. Plaatje, *Native Life in South Africa Before and Since the European War and the Boer Rebellion*, London 1916

John Mackenzie, *Austral Africa – Losing It or Ruling It*, Band 1 und 2, London 1887

Der Gefangene mit der Brille

Kaum ein Windhauch rührte sich an dem stillen Tag, und die langen Reihen von Kohlköpfen leuchteten hellgrün im Sonnenlicht. Große weiße Wolken trieben langsam über den tiefblauen Himmel. Ab und zu verdunkelten sie die Sonne und ließen einen Schauer über die Rücken der Gefangenen gleiten, die den ganzen Tag auf dem Kohlacker arbeiteten. Dieses Spiel, das die Wolken mit der Sonne trieben, brachte schließlich einen der Gefangenen dazu, die Arbeit zu unterbrechen, sich aufzurichten und mit kurzsichtigen Augen zu den Wolken zu starren. Er war ein magerer kleiner Kerl mit einer eingefallenen Brust und komischen knochigen Knien. Außerdem hatte er jede Menge verrückte Ideen, denn er lächelte den Wolken zu.

»Vielleicht möchten sie eine Nachricht für die Kinder mitnehmen«, dachte er zärtlich, als er sah, daß die Wolken in die Richtung trieben, wo sein Zuhause einige hundert Meilen entfernt lag. Doch ehe er seine Nachricht formuliert hatte, schrie der Wärter, der die Arbeitsgruppe beaufsichtigte: »He, was machst du denn da, Brille?«

Der Gefangene drehte sich um, blinzelte heftig, schätzte aber gleichzeitig den Feind ein. Er war ein neuer Wärter namens Jacobus Stephanus Hannetjie. Seine Augen hatten die Farbe des Himmels, doch waren sie beängstigend. Eine einfache, primitive, brutale Seele schaute aus ihnen heraus. Der Gefangene bückte sich schnell, und die Nachricht zog leise die Reihe hinunter: »Diesmal gibt es Ärger, Genossen.«

»Warum?« kam es die Reihe herauf zurück.

»Weil er nicht menschlich ist«, klang die Antwort hinunter, und doch war in der Stille nur das Scharren der Schaufeln zu hören, mit denen sie die Erde umgruben.

Die Arbeitsgruppe war als Gruppe Eins bekannt. Sie bestand aus zehn Männern, die alle politische Gefangene waren. Sie waren aus praktischen Gründen zusammengelegt worden, denn eine der Gefängnisregeln bestimmte, daß kein schwarzer Wärter die politischen Gefangenen beaufsichtigen durfte, damit sie ihn nicht von ihren Ansichten überzeugen konnten. Es schien den Behörden nicht einzufallen, daß ebendieses Argument die Stärke der Gruppe Eins ausmachte und eine Erklärung sein könnte für die seltsame Angst, die die Gruppe in den Wärtern auslöste. Als politische Gefangene waren sie anders als die anderen Gefangenen, weil sie sich weder schuldig fühlten noch Außenseiter der Gesellschaft waren. Alle schuldigen Männer ducken sich instinktiv, und deswegen war das Gefängnis eines von der Art, wo Männer durch einen Hieb am Hinterkopf mit einer Eisenstange bewußtlos geschlagen wurden. Bevor der Wärter Hannetjie eintraf, hatte kein Wärter gewagt, jemanden aus der Gruppe Eins zu schlagen, und kein Wärter hatte es länger als eine Woche bei ihnen ausgehalten. Der Krieg spielte sich auf rein psychologischer Ebene ab. Gruppe Eins verfügte über Selbstbewußtsein, und es ging über die Fähigkeiten der weißen Wärter hinaus, mit selbstbewußten schwarzen Männern umzugehen. Auf diese Weise war Gruppe Eins außer Kontrolle geraten. Sie waren die besten Diebe und Lügner im Lager. Sie lebten jeden Tag von rohem Kohl. Sie unterhielten sich und rauchten Tabak. Und da ihre Bewegungen, ihr Denken und

Handeln wie die eines einzigen Menschen waren, hatten sie das Gruppenversteckspiel perfektioniert.

Der Ärger zwischen Gruppe Eins und dem Wärter Hannetjie begann an ebendiesem Tag. Das lag an der Kurzsichtigkeit von Brille. Das war der Rufname, den er im Gefängnis bekommen hatte, und bezeichnet in Afrikaans jemanden, der eine Brille trägt. Brille konnte die Nähe der Gefängnistore nie genau einschätzen, und mehr als einmal hatte er auf einem Stück Kohl gekaut und es dann fast vor die Füße eines Wärters fallen lassen, und alle Wärter hatten das bisher übersehen. Der Wärter Hannetjie aber nicht.

»Wer hat diesen Kohlkopf fallen lassen?« brüllte er.

Brille trat aus der Reihe hervor.

»Ich«, sagte er scheu.

»Gut«, sagte Hannetjie. »Die gesamte Gruppe Eins setzt drei Mahlzeiten aus.«

»Aber ich sagte doch, daß ich es war«, wehrte sich Brille.

Das Blut schoß dem Wärter Hannetjie ins Gesicht.

»Ach, ja?« sagte er. »Ich laß mir von einem Kaffer nichts sagen. Hältst du dich etwa für einen besonderen Kaffer? Warum sagst du nicht ›Baas‹ zu mir? Ich bin dein ›Baas‹. Warum sagst du nicht ›Baas‹, he?«

Brille blinzelte heftig mit den Augen, seine Stimme aber klang unerwartet ruhig.

»Ich bin zwanzig Jahre älter als du«, sagte er. Es war das erste, was ihm eingefallen war, doch die Genossen schienen das sehr witzig zu finden. Ein Prusten ging durch die Reihe. Da schwang der Wärter Hannetjie seinen Holzknüppel und schlug ihn Brille mehrmals um die Ohren. Was die Genossen erstaunte, war die Geschwindigkeit, mit der Brille seine Brille abgenommen hatte, denn sonst hätte sie, in kleine Stücke zerbrochen, am Boden gelegen.

Am Abend in der Zelle entschuldigte sich Brille zerknirscht.

»Es tut mir leid, Genossen«, sagte er. »Ich habe euch wirklich großen Ärger gebracht.«

»Kein Problem, Bruder«, sagten sie. »Was einem von uns geschieht, geschieht uns allen.«

»Ich werde versuchen, das wiedergutzumachen, Genossen«, sagte er. »Ich werde etwas klauen, damit ihr nicht verhungert.«

Die Wunden an seinem Kopf stimmten Brille im stillen sehr nachdenklich. Es war das erste Mal, daß Gewalt gegen ihn ausgeübt worden war, doch er war seit langer Zeit Zeuge extremer, fast unvorstellbarer menschlicher Brutalität. Er hatte zwölf Kinder, und an jenem Abend reiste er in Gedanken zurück durch die sechzehn Jahre, die er im Chaos verbracht hatte. Es hatte sich alles in einem kleinen, trostlosen Drei-Zimmer-Häuschen in einer kleinen, trostlosen Straße in der östlichen Kapprovinz abgespielt, und dic Kinder waren eines nach dem anderen gekommen, weil weder er noch Martha es je schafften, die Verhütungsmittel richtig zu benutzen, und das Lehrergehalt hatte nie ausgereicht, um ein größeres Haus zu mieten, und er hatte ständig die eine oder andere Prüfung geschrieben, um sein Gehalt aufzubessern, nur damit hungrige Münder es wieder aufessen konnten. Alles war ziemlich fürchterlich, vor allem die Streitereien unter den Kindern. Immer wieder gerieten sie sich in die Haare und schlugen sich gegenseitig die Köpfe heftig an die Wände. Martha gab es irgendwann auf, und so hatten sie sich geeinigt: Das blutige Beißen, Kratzen und Schlagen sollte ungehindert seinen Gang gehen, bis er heimkam. Er war dann der Buhmann, und wenn es funktionierte, erlebte er jedesmal ein Gefühl von Göttlichkeit, weil durch seine Gegenwart die Wilden irgendwie zu einigermaßen vernünftigen menschlichen Wesen wurden.

Und doch waren es das Chaos und das Durcheinander im Mittelpunkt seines Lebens, die ihn in die Politik trieben. Es war eigentlich nicht mehr als eine geordnete, schöne Welt, ein paar allgemeine Schlagworte, die man lernen mußte, und die Menschenrechte. In einem gewissen Zeitraum, bevor die Lage sich verschlimmert hatte, war die Teilnahme an Konferenzen notwendig, die alle sehr weit von zu Hause entfernt stattfanden.

»Ich muß leider einsehen«, dachte er reumütig, »daß ich jetzt erst lerne, was es heißt, ein Politiker zu sein. Bisher bin ich nur vor Martha und den Kindern geflüchtet.«

Und der Schmerz in seinem Kopf wurde zu einem schweren Kloß in seinem Hals. Das war es, was sich die Kinder jeden Tag antaten, und Martha konnte sie nicht daran hindern, und wenn der Wärter Hannetjie ihn am Morgen nicht unterbrochen hätte, hätte er seine Nachricht mitgeschickt: »Seid gute Genossen, Kinder. Wenn ihr zusammenarbeitet, wird das Leben glatt verlaufen.«

Am nächsten Tag erwischte der Wärter Hannetjie diesen alten Mann mit zwölf Kindern dabei, wie er aus dem Betriebsschuppen Weintrauben klaute. Es lag eine riesige Menge Weintrauben in dem 50-Liter-Eimer, und wegen der Missetat verbrachte der alte Mann eine Woche in Einzelhaft. Tatsächlich hatte die gesamte Gruppe Eins nun ständig Ärger. Der Wärter Hannetjie schien seine Augen überall gleichzeitig zu haben. Er entdeckte den Trick mit den Kohlköpfen, die mit der Schaufel in zwei Hälften zerhackt und sofort mit Erde bedeckt wurden, um dann zur rechten Zeit im Bruchteil einer Sekunde ausgegraben und verschlungen zu werden. Er fand heraus, daß der Tabakrauch in die Erde geklopft wurde, und er fand heraus, daß Gespräche mit dem Wind geflüstert wurden.

Etwa zwei Wochen lang befand sich die Gruppe Eins in einer äußerst mißlichen Situation. Die Kohlköpfe, der Tabak und die Gespräche waren der Dreh- und Angelpunkt ihres Lebens im Gefängnis gewesen. Dann bemerkten sie eines Abends, daß ihr guter alter Genosse, der mit der Brille, recht zufrieden mit sich selbst zu sein schien. Zur Erklärung holte er ein Päckchen Tabak von etwa hundert Gramm hervor, und die Genossen fielen mit großer Gier darüber her. Brille lächelte nur. Schließlich war er der Vater von vielen Kindern. Als aber der letzte Krumen verschwunden war, fiel es den Genossen ein, sich zu wundern. Einer sagte: »Sag mal, Bruder. Wir werden neuerdings mit Adleraugen beobachtet. Wo hast du denn den Tabak her?«

»Hannetjie hat ihn mir gegeben«, sagte Brille.

Es herrschte langes Schweigen. Mitten hinein fiel es wie eine leise Bombe.

»Ich habe Hannetjie heute in der Scheune getroffen.« Die kurzsichtigen Augen blinzelten heftig. »Ich erwischte ihn, als er gerade fünf Säcke voll Kunstdünger klaute, und er bestach mich, damit ich den Mund halte.«

Es entstand noch einmal ein langes Schweigen.

»Das Leben im Gefängnis ist übel«, fuhr Brille fort, als würde er etwas völlig Unwichtiges sagen. »Es bringt einen dazu, sich alle möglichen üblen Taten auszudenken.«

Er streckte seine Hand aus und schloß die Finger.

»Wißt ihr, Genossen«, sagte er. »Ich habe Hannetjie in der Hand. Ich werde ihn morgen verraten.«

»Vergiß es, Bruder. Man wird dich erschießen.«

Brille lachte.

»Wird man nicht«, sagte er. »Das ist es, was ich mit übel meine. Ich bin der Vater von vielen Kindern, und ich habe heute gesehen, daß Hannetjie auch nur ein Kind ist, unwissend und offenherzig. Ich werde ihn schwer bestrafen, denn wir brauchen einen guten Wärter.«

Am folgenden Tag, mit Brille als Zeugen, gestand Hannetjie, daß er den Kunstdünger gestohlen hatte, und erhielt eine sehr hohe Geldstrafe. Danach konnte Gruppe Eins so ziemlich alles machen, was sie wollte, während Hannetjie daneben stand und nichts sagte. Doch Brille war derjenige, der es bis zum Äußersten trieb. Eines Tages, als sie ihre Arbeit beendeten, sagte der Wärter Hannetjie: »Brille, hol meine Jacke und nimm sie mit ins Lager.«

»Es gibt aber keine Regel, die bestimmt, daß ich dein Diener bin, Hannetjie«, antwortete Brille kühl.

»Ich habe dir gesagt, du sollst mich nicht Hannetjie nennen. Du mußt ›Baas‹ zu mir sagen«, doch der Stimme des Wärters Hannetjie fehlte die Überzeugung. Daraufhin sah Brille mit zusammengekniffenen Augen zu ihm hinauf.

»Ich möchte dir mal etwas zu dieser ›Baas‹-Geschichte erzählen, Hannetjie«, sagte er. »Es dauert nicht mehr lange, bis wir dieses Land regieren. Dann wirst du mein Auto waschen. Nun, ich habe einen zwölfjährigen Sohn, und ich würde vor Scham sterben, wenn du ihm erzählen würdest, daß ich dich ›Baas‹ genannt habe.«

Der Wärter Hannetjie wurde rot im Gesicht und holte sich seine Jacke.

Ein anderes Mal wurde Brille dabei beobachtet, daß er im Gefängnishof umherging und öffentlich Tabak rauchte.

Als er vor dem Gefängnisdirektor erschien, behauptete er, der Wärter Hannetjie hätte ihm den Tabak gegeben. Während der Standpauke seines Chefs verteidigte sich der Wärter Hannetjie nicht, verlor aber völlig die Nerven. Er rief Brille zur Seite.

»Brille«, sagte er. »Diese Sache zwischen mir und dir muß geklärt werden. Vielleicht weißt du es nicht, aber ich habe Frau und Kinder, und du treibst mich in den Selbstmord.«

»Warum gefällt dir deine eigene Medizin nicht, Hannetjie?« fragte Brille ruhig.

»Ich gebe dir alles, was du haben willst«, sagte der Wärter Hannetjie verzweifelt.

»Nicht nur mir, sondern der gesamten Gruppe Eins«, sagte Brille schlau. »Die gesamte Gruppe Eins will etwas von dir.«

Der Wärter Hannetjie strahlte vor Erleichterung.

»Ich glaube, das geht ... wenn ihr mehr Tabak haben wollt?« sagte er.

Brille sah ihn an und empfand zum erstenmal Mitleid und Schuldgefühle.

Er fragte sich, ob er die ganze Sache vielleicht zu weit getrieben hatte. Der Mann war wirklich ein Kind.

»Wir brauchen keinen Tabak, sondern dich«, sagte er. »Wir brauchen dich auf unserer Seite. Wir brauchen einen guten Wärter, denn ohne einen guten Wärter werden wir die lange Zeit hier nicht durchstehen.«

Der Wärter Hannetjie verstand die Bitte auf seine eigene Weise, und sein Verständnis von dem, was gut und menschlich war, ließ die Gefangenen der Gruppe Eins oft sprachlos und verblüfft zurück. So legte er manchmal seinen Revolver ab, nahm eine Schaufel in die Hand und grub zusammen mit der Gruppe Eins den Acker um. So brachte er manchmal unvorstellbare Luxusartikel mit, gekochte Eier etwa von seiner Farm in der Nähe und so kostbare Dinge wie Zigaretten, und die Gruppe Eins reagierte würdevoll und war bald berühmt als die beste Arbeitsgruppe im Lager. Und es war nicht nur ein Nehmen von ihrer Seite aus. Sie konnte erschreckend gut gewisse Vorräte stehlen, wie den Kunstdünger beispielsweise, den der Wärter Hannetjie auf seiner Farm brauchte.

Wie das Christkind zu Weihnachten

Er wurde in einer kleinen Missionsstation geboren, in der östlichen Kapprovinz, und er stammte aus einer langen Reihe von missionarisch gebildeten Männern; Urgroßväter, Großväter und sogar sein eigener Vater, alle waren sie Priester gewesen. Abgesehen von einem kurzen Zeitraum öffentlicher Aktivitäten, sollte diese friedliche und geheimnisvolle Lebensweise für immer an ihm haften bleiben. Später, in der Unruhe und dem Aufruhr seines Lebens in Johannesburg, wo der Weihnachtsabend einem betrunkenen Aufstand glich, erzählte er gern seinen Freunden, wie seine Eltern jedes Jahr das Christkind zu Weihnachten begrüßt hatten.

»Wir saßen mit gebeugten Köpfen und schwiegen, schwiegen einfach nur eine halbe Stunde lang, bis Mitternacht. Ich erinnere mich immer noch gern daran, wie die Alten das machten ...«

Ein Teil der Geschichte Südafrikas war gleichzeitig die Geschichte des Christentums, denn es waren nur die Missionare, die sich kontinuierlich bemühten, die Schwarzen in ihrem Kampf ums Überleben zu stärken, und ihnen eine schwache Verbindung zwischen Vergangenheit und Zukunft boten. Die psychologischen Erniedrigungen, die die älteren Generationen erlitten, waren so fürchterlich, daß sie auf einen Zustand reduziert wurden, der über das Nicht-Menschsein hinausging. Man könnte auch sagen, daß sich alle unbewußt für das Christentum entschieden, um sich einen Zusammenhalt, eine Ganzheit und etwas Menschliches zu bewahren, denn sie wurden von allen Seiten mißbraucht als die Primitiven, die in der Zivilisation zweitausend Jahre hinter dem weißen Mann zurückgeblieben waren. Es wurde ihnen alles geraubt, was sie besaßen – ihr Land und ihre Rinder –, und als sie alles verloren hatten, begegneten sie dem Christentum mit demselben Respekt, den sie einst für ihren Stamm, ihre Tradition und die Ahnen empfunden hatten. Die jüngeren Generationen erinnerten sich an die älteren. Das Christentum hatte Generationen von heiligen Leuten im ganzen Land hervorgebracht.

Und so wurde das Fundament für die neue Lebensordnung durch die Missionare gelegt, und da die Geistlichkeit eine Tradition in seiner eigenen Familie darstellte, konnte er ihr evolutionäres Muster zurückverfolgen bis in die Zeit seiner Urgroßväter, damals, als einsame und abgelegene Missionskirchen gleichzeitig die ersten Grundschulen waren, die allein deshalb bestanden, um die Bibel zu lehren. Nach den Bibelschulen kratzten die Kinder auf Schiefertafeln und erhielten eine etwas allgemeinere Schulbildung, bis schließlich mehrere Oberschulen und eine Hochschule – an eine Missionsstation gebunden – entstanden und sich wie ein Netz über das gesamte Land erstreckten. Er war ein Produkt dieses evolutionären Stroms, und als er geboren wurde, war seine Familie bereits hochangesehen. Sie war wohlhabend und lebte in einem geräumigen Haus, das der Kirche gehörte und von einem großen Garten umgeben war. Ihr Leben hatte sie der Gemeinde verschrieben; ihr Familienleben war der stürmische Mittelpunkt der vielen Tragödien, die die Menschen ereilten, die, was immer sie auch taten, nur Verbrecher und Straffällige in ihrem eigenen Land waren. Vieles ist über das erschreckende Gesicht der weißen Übermacht bekannt: ihre Gier und ihre hemmungslosen Greueltaten. Sie legten sich wie ein bleiernes Gewicht auf die Menschen und blieben dort liegen, um als qualvolle Last ertragen zu werden.

Eines Tages – und es gab so viele ähnliche Tage – kam es zu einer ernsthaften Katastrophe für die Kirche. Die Polizei erschien während der Gottesdienststunde (es war kennzeichnend für alle weißen Rassen des Landes, daß es keinen Teil im Leben eines schwarzen Menschen gab, der ihnen heilig oder unantastbar war) und verhaftete den Großteil der Männer wegen Verstoßes gegen die Kopfsteuer. Es war damals ein wichtiges Thema, daß die Leute, die über ein Einkommen von zwanzig Shilling im Jahr verfügten, eine Kopfsteuer von zwanzig Shilling im Jahr bezahlen sollten. Es gab nur dieses Elend in den ländlichen Gebieten, die man stolz als »Eingeborenenreservate« abgrenzte. Es gab so gut wie kein Land, und die Menschen, die in die Reservate abgeschoben wurden, bemühten sich vergebens, ihr Vieh auf winzigen Stückchen Erde weiden zu lassen. Das Vieh war wertlos, verlaust und verseucht und kaum zum Verkauf geeignet. Halb verhungerte Männer, die ihr Vieh verloren hatten, wurden zu den Arbeitsstellen getrieben, in den Minen und auf den Burenfarmen, wo sie Löhne erhielten, die gerade ausreichten, um ihre Kopfsteuer zu zahlen. Wenn ihre Arbeitskraft in den Minen nicht länger gebraucht wurde, wurden sie mit abgestempeltem Paß in die geheimnisvollen ländlichen Gebiete zurückgeschickt. Dabei gab es so etwas wie ein ländliches Gebiet gar nicht – nur harte Habgier, und alle Menschen wurden ihre Opfer. Es wurde den Menschen eingebleut, daß sie an jedem der angeblichen Verbrechen schuld hatten, und auf diese Weise waren sie darauf konditioniert worden, sich selbst als ein riesiges Reservoir von billigen Arbeitskräften anzubieten.

So kam es, daß sich die schäbigen Einzelheiten des alltäglichen menschlichen Elends vor den Augen des jungen Mannes entfalteten. Oft standen nur fünf Shilling zwischen einem Mann und seiner Verurteilung wegen der einen oder anderen Straftat, und sein Vater griff immer wieder tief in die eigene Tasche und die Kirchenkasse hinein, um einem Gemeindemitglied zu helfen. Der Tag, an dem die Männer massenhaft in der Kirche verhaftet wurden, blieb dem jungen Mann in heller Erinnerung. Sein Vater ging eine Weile auf und ab, rang verzweifelt die Hände – er hätte beinahe die Fassung verloren. Dann aber bemühte er sich, Haltung zu bewahren und den unterbrochenen Gottesdienst fortzusetzen, als eine zynische Männerstimme aus der Gemeinde rief: »Beantworten Sie mir eine Frage, Vater. Wie kommt es, daß, als der weiße Mann herkam, er nur die Bibel hatte und wir das Land. Heute hat er das Land und wir die Bibel.« Die zweite darauffolgende Unterbrechung wurde durch die weinenden Frauen ausgelöst, deren Männer verhaftet worden waren.

Der alte Mann fiel – wie es seine Gewohnheit war – auf die Knie und vergrub sein Gesicht in seinen Händen. Die übrigen Gemeindemitglieder verließen die Kirche langsam mit ernsten Gesichtern. Lange kniete er so, ohne zu bemerken, daß sein Sohn schweigend in der Nähe stand und ihn mit ruhigen, ernsten Augen beobachtete. Er war ein ruhiger, angenehmer junger Mann, der oft lächelte. Am liebsten las er, und meistens fand man ihn mit einem Buch vor der Nase. Vielleicht betete sein Vater. Wenn ja, dann schnitten die Worte seines Sohnes so scharf durch die Stille, daß der alte Mann seinen Kopf überrascht zurückwarf.

»Es gibt keinen Gott, Vater«, sagte der junge Mann so ruhig, wie er war. »Es sind die Menschen, die diese Dinge tun, und es sind die Menschen, mit denen wir uns auseinandersetzen müssen. Gott ist machtlos, uns zu helfen, wenn es überhaupt so etwas wie Gott gibt.«

»Weißt du das aus deinen Büchern, mein Sohn?« fragte der Vater verunsichert. »Ich bin nicht so gebildet wie du, denn damals gab es noch keine Hochschule, also habe ich mein Vertrauen nicht soweit wie du verloren, auch wenn ich am Abgrund der Verzweiflung lebe.«

Die unterschiedlichen Ansichten störten die harmonische Beziehung zwischen Vater und Sohn nicht. Später sollten die Leute eine unbestimmbare Qualität des jungen Politikers verehren, ohne zu wissen, daß sie aus dem tiefen Herzen des Landes stammte, wo die Menschen, entgegen allem, was behauptet wurde, nicht »geknechtete, unterdrückte Schwarze« waren, sondern Menschen wie sein Vater. Später sollte er eine Courage an den Tag legen, wie sie noch von keinem schwarzen Mann im Land bewiesen worden war. Die Romantik und die Legenden aus alten Zeiten schwebten noch über dem ländlichen Gebiet, in dem er geboren worden war. Neun Landkriege hatten die Stämme gegen die Briten ausgefochten. Große Könige wie Hintsa hatten die Kriege geführt, und trotz der schäbigen und verzweifelten Gegenwart dachten die Alten immer noch gern an die Umstände seines Todes. Hintsa war ein Phänomen, ein so herausragender Herrscher, daß man das Gehirn des Verstorbenen aus seinem Kopf entfernt hatte, damit man einen Teil von ihm über der Erde weiterhin verehren und anbeten konnte. Es war sein unbeirrbarer Mut, den seine Leute schätzten.

Als er die Universität abgeschlossen hatte, entschied er sich nicht für den geistlichen Beruf. Statt dessen erhielt er einen der seltenen und ruhmreichen Posten als Professor für »Bantusprachen« an der University of the Witwatersrand in Johannesburg. Er war so elegant und kultiviert wie seine Stelle, und es lag eine komfortable und sichere Zukunft vor ihm. In den schwarzen Townships, die die Stadt Johannesburg umgaben, fanden begabte Menschen aller Art in erstaunlichen Verbindungen einen Platz. Die Armen und Bescheidenen und die Reichen und Begabten lebten dort Seite an Seite. Herausragende schwarze Männer, die für ihre Begabung zum Manager und Organisator kein Ventil fanden, wurden die Manager und Organisatoren riesiger Verbrecherbanden im ganzen Land, und zahllose Männer arbeiteten für sie. Sie flitzten in den neuesten Modellen amerikanischer Flitzer durch die Townships und verkauften ihre Hehlerware zu Hintertürpreisen an Millionen von armen, ehrlichen Arbeitern, die der Stadt dienten. Johannesburg war das pulsierende Herz des Landes; wenn im Land irgend etwas Wichtiges geschah, geschah es zuerst in Johannesburg. Johannesburg war auch das Zentrum des pendelnden Arbeitspotentials; die am Witwatersrand aufgereihten Goldminen mit ihren begrenzten Rohstoffen benötigten Tausende und Abertausende schwarzer Hände, um die Reichtümer aus der Erde herauszuholen. Die Stadt war komplex und so international wie das Gold, das in alle Bankhäuser der Welt strömte. Johannesburg war auch das Zentrum rücksichtsloser Ausbeutung und umfangreichen politischen Widerstands gewesen, und die Stadt schien an

Zynismus und Erschöpfung eher gealtert zu sein als der Rest des Landes. Es war eine vom Krieg erschöpfte und apathische Welt, die er 1948 vorfand. Es war, als wollten die Leute sagen: »Ah, politischer Widerstand? Es gibt nichts, das wir nicht bereits versucht hätten. Wozu das Ganze?« Nur etwas Neues und Unverbrauchtes konnte die Leute aus ihrer Apathie und Erschöpfung herausreißen.

Rasch scharte er eine Gruppe unterschiedlich denkender Männer um sich. Sofort zogen die Einzelheiten seines Lebens ihre Aufmerksamkeit auf sich, und er nahm die allgemeine Farbe der Umgebung an. Doch trug er fast das gesamte Land in sich. Das lag nicht so sehr an seinen Lesegewohnheiten – es gab dort Hunderte von Männern, denen Karl Marx und die Chinesische Revolution bekannt waren; es gab dort Hunderte von Männern, die ihre intellektuelle Begabung ebenso lässig trugen wie ihre Jacken und Hosen. Es lag daran, daß er den Teil des Landes ausfüllte, der in den Köpfen der Großstädter zu einem Mythos geworden war – der merkwürdige und verzweifelte Kampf, den die Menschen in den ländlichen Gebieten führten.

»Ich habe gerade ein Buch über die Kämpfe auf dem Land nach der Revolution in China gelesen«, sagte er beispielsweise. »Mao Tse-tung hatte Schwierigkeiten, die Leute dazu zu bringen, das Land zu bewirtschaften, das ihren Ahnen vorbehalten war. Ich habe gesehen, daß die Leute dasselbe tun in der Transkei, wo ich geboren wurde. Es gab kaum noch Land, das sie überhaupt bewirtschaften konnten, doch die Leute würden lieber verhungern, als das Land zu pflügen, in dem ihre Ahnen begraben wurden ...«

Beinahe jeden Abend floß ein eifriger Strom von Freunden durch sein Haus. Ihm gefiel der Freundeskreis, der sich um ihn herum bildete. Er genoß es, seine Ideen an den Ideen anderer Männer zu messen, und es war beinahe so, als würde er eine unverständliche Sprache sprechen. Seine Freunde wußten nichts mehr von den heiligen Werten der Stämme – daß sich die Menschen einst nicht mehr gewünscht hatten als einen Acker, auf dem sie ihr Getreide anpflanzen konnten und ein ruhiges Zuhause neben den Knochen ihrer Ahnen. Wie die jungen Männer in seinem Kreis war auch er ein Mitglied der Jugendliga einer Organisation, die seit siebenundvierzig Jahren die einzige war, die die Interessen der schwarzen Menschen vertrat. Sie hatte die Menschen auf die Straße gebracht zu Protestaktionen und Demonstrationen. Die Menschen waren erschossen und inhaftiert worden. Ein seltsamer hypnotisierender Dialog fand im Land statt. Subtil wurde darauf hingedeutet, daß die Schwarzen gewalttätig seien; seit dem Jahr 1883 war es schwarzen Männern jedoch gesetzlich verboten worden, eine Waffe zu besitzen. Sie besaßen kaum mehr als Stöcke und Steine, um sich zu verteidigen. Die Gewalttätigkeit war kein Begriff, der mit den weißen Männern in Zusammenhang gebracht wurde, doch sie besaßen die Waffen. Diesen Waffen dienten die Menschen als Kanonenfutter. Wer war gewalttätig?

Jahr für Jahr, bei Konferenz um Konferenz, trug der nette Zusammenschluß von Volksvertretern seine edle Gesinnung vor: »Meine Herren, wir sollten uns daran erinnern, daß unser Kampf ein gewaltfreier Kampf ist. Mit Gewalt können wir nichts gewinnen. Sie würde die Herzen unserer Unterdrücker nur härter machen ...«

1957 gab es wieder einmal schwarze Leichen zu zählen. Gopane, das achtzehn Meilen von der kleinen Stadt Zeerust im Transvaal entfernt liegt, war bis zu dem Jahr ein ruhiges und unbedeutendes Dorf in Afrika gewesen. Über die Jahre hinweg hatte sich dort eine Lebensweise entwikkelt – die Alten hielten sich an die traditionelle Art und Weise, ihre Äcker zu pflügen, und schickten die Jungen nach Johannesburg, um dort entweder zu arbeiten oder eine Ausbildung zu erhalten. 1957 wurde ein Gesetz verabschiedet, das schwarze Frauen dazu zwang, einen »Paß« bei sich zu tragen. Vor vierzig Jahren hatten sich die Frauen erfolgreich gegen dasselbe Gesetz gewehrt, indem sie sich lieber verhaften ließen, als dieses Dokument bei sich zu tragen. Der »Paß« existierte schon lange für schwarze Männer und war zu einer Quelle unerträglicher Qual geworden. Wenn ein Mann sein Haus ohne seinen »Paß« verließ, verschwand er einfach aus der Gesellschaft für einen Zeitraum von sechs Monaten oder so. Die meisten Männer kannten die Geschichte. Für sechs Monate waren sie die kostenlosen Arbeitskräfte für die Burenfarmer und ernteten ihre Kartoffeln. Ein *boss boy* stand mit einer Peitsche hinter den »Häftlingen«. Sie gruben die Kartoffeln mit einer solchen Geschwindigkeit aus, daß ihre Fingernägel bis auf die Knochen zerschunden waren. Die Frauen sollten später von ähnlichen Erfahrungen berichten, doch in jenem Jahr, 1957, glaubten die Leute noch, daß sie sich wehren könnten gegen die Gesetze, die ihnen auferlegt wurden. Das unbekannte Dorf Gopane zählte zu den ersten, in denen die Frauen einen »Paß« erhielten. Die Frauen holten ihn sich ruhig ab, gingen nach Hause, warfen sie alle auf einen großen Haufen und zündeten sie an. Sehr bald darauf war das Dorf von der südafrikanischen Polizei umzingelt worden. Sie erschoß die Frauen. Danach erhielten alle schwarzen Frauen im Land widerstandslos einen »Paß«.

War es das schiere Entsetzen über die namenlosen Greueltaten – wer erschießt unbewaffnete Frauen? – oder glaubten die Führer des Volkes, einen akzeptablen Status quo zu vertreten? Da fanden sie sich zur nächsten Konferenz ein und leierten erneut: »Meine Herren«, sagte der Sprecher Nummer Eins, ein älterer, biederer, selbstgefälliger Mann aus dem Volk. »Meine Herren, trotz der Tragödie des vergangenen Jahres dürfen wir nicht vergessen, daß unser Kampf im wesentlichen gewaltfrei ist ...«

In dem Ton sprach er weiter – schließlich ist der Vorfall in die Geschichte eingegangen, wir müssen uns um das Aktuelle kümmern –, als es plötzlich eine Unterbrechung gab, wie sie es bei den gediegenen, langweiligen Veranstaltungen seit Jahren nicht gegeben hatte. Einer war unaufgefordert aufgestanden. Der Sprecher Nummer Eins sah ihn verächtlich von oben herab an. Es war der junge Professor für »Bantusprachen«. Er war nur ein Mitglied der Jugendliga und von keinerlei Bedeutung.

»Meine Herren!« Und zum Erstaunen der Anwesenden bebte seine Stimme vor Wut. »Erlauben Sie mir, den Sprecher zu unterbrechen! Ich habe die Veranstaltungen dieser Organisation gründlich satt. Unsere Frauen sind vor kurzem auf grausame Weise umgebracht worden, und der Sprecher bittet uns immer noch, an der Gewaltfreiheit festzuhalten ...«

»Was sollen wir Ihrer Meinung nach tun?« fragte der Sprecher Nummer Eins erschrocken. »Sind Sie der Meinung, wir sollten Gewalt gegen unsere Unterdrücker anwenden?«

»Ich wünsche mir, daß die Wahrheit ausgesprochen wird!« Der junge Mann schlug vor Wut mit der Hand auf den Tisch. »Unsere Vorväter lebten schon ewig in diesem Land, als der weiße Mann herkam und uns seine Enteignungspolitik aufzwang. Für sie sind wir keine Menschen! Sie betrachten uns als Objekte billiger Arbeitskraft! Warum ist das Wort *Gewalt* ein so schreckliches Tabu auf *unserer* Seite! Warum können wir nicht ebenso sagen, daß sie uns nichts bedeuten und daß es unser Ziel ist, sie loszuwerden! Wie lange soll es so weitergehen? Es wird so weitergehen, bis wir sagen: »ES REICHT!« Und er breitete die Arme aus in einer Geste der Verzweiflung. »Meine Herren! Ich habe die Ausflüchte und schlauen Reden dieser Organisation satt. Diejenigen, die mir zustimmen, folgen mir bitte«, und er drehte sich auf dem Absatz um und verließ die Konferenzhalle.

Das war so plötzlich geschehen, daß die anderen für einen Augenblick erschrocken und erstaunt schwiegen. Dann stand die Hälfte der Versammlung auf und ging dem jungen Mann nach, und so begann eine neue kurze Ära in der Geschichte des politischen Widerstands in Südafrika. Seine politische Karriere dauerte kaum ein Jahr. George Padmores Buch *Pan Africanism or Communism* war damals gerade ein Hit in Johannesburg, und er und seine abgespaltene Gruppe verbündeten sich mit dieser Gesinnung.

Trotz der Tragödien im Land schien jenes Jahr den Führern der traditionellen Volksbewegung ein humorvolles Zwischenspiel zu ermöglichen. Ihre ganze Aufmerksamkeit wurde darauf gelenkt, die Bemühungen ihres neuen Rivalen ins Lächerliche zu ziehen; es gelang ihnen nicht, einen kreativen Kopf in ihrer Mitte zu erkennen. Die Zeitungen, die im steten Strom herausgegeben wurden, waren die Schöpfung eines kreativen Künstlers und nicht die eines abgehärteten, egoistischen Politikers. Die Schwierigkeiten, die darin angesprochen wurden, waren immer neu und überraschend. Sie begannen langsam, von unten, und sprachen die grundliegenden Probleme an.

»Wir können keinen Fortschritt erzielen, wenn wir uns selbst als minderwertig betrachten. Seit dreihundert Jahren bleuen die Weißen uns Minderwertigkeit ein. Sie sprechen uns ausschließlich als ›boy‹ und ›girl‹ an, doch wir sind Männer und Frauen, die eigene Kinder und eigene Familien haben. Unsere eigenen Leute würden es uns übelnehmen, wenn wir sie ›kwedini‹ oder ›mfana‹ oder ›moshemane‹ nennen würden, alles Worte, die einen kleinen Jungen bezeichnen. Warum also akzeptieren wir die Erniedrigung, Beleidigung und Entwürdigung durch die weißen Ausländer...?«

Sofort hielt die traditionelle Volksbewegung dagegen: »In unserer Mitte befinden sich einige Emporkömmlinge, die dem Volk versprechen, es zu einem neuen Sonnenaufgang zu führen, doch handelt es sich bei ihnen nur um weiche Männer, die mit ›Sir‹ und ›Madam‹ angesprochen werden wollen. Wer hat das Volk in die Massendemonstrationen geführt? Wem gehört die wahre Stimme des Volkes...?«

Sie sorgten dafür, daß es Steine gab, mit denen er beworfen wurde, wenn er eine öffentliche Rede hielt, und daß Zwischenrufe und Unterbrechungen seine politischen Veranstaltungen im allgemeinen störten. Trotzdem verschaffte er in diesem einen Jahr den Menschen eine so umfassende politische Bildung, wie es der traditionellen Volksbewegung in ihrer ganzen langen Geschichte nicht gelungen war. Seine Zeitungen behandelten alle Themen – von den ausländischen Investitionen im Land, die die Fesseln der Unterdrückung verstärkten, bis hin zu einigen zukünftigen Problemen, die er als Fragen formulierte: Wird es uns gelingen, eine Planwirtschaft im Rahmen einer politischen Demokratie funktionieren zu lassen? Das ist in keinem der Länder gelungen, die sie heute ausführen ... Wir können keine Minderheitenrechte garantieren, weil wir gegen ebendiese Gruppen-Exklusivität kämpfen, die diejenigen aufrechterhalten wollen, die beharrlich von Minderheitenrechten sprechen. Sicherlich garantieren wir das Höchste, wenn wir die individuelle Freiheit garantieren ...?

Im Land könnte für Monate, sogar Jahre Frieden herrschen. Es gab eine einsatzbereite Maschinerie, die den geringsten Widerstand zermalmte. Entweder floh man vor ihren gierigen, gefühllosen und brutalen Zähnen, oder – so besessen wie einige Männer von der endgültigen edlen Geste oder Aussage sind – man marschierte direkt zwischen ihre mörderischen Zähne. Es war immer eine tödliche Entscheidung. Kein menschlicher Edelmut erleuchtete das Land. Die Menschen hungerten nach Ideen, nach einer neuen Richtung, doch die Männer mit höheren Ambitionen wurden unweigerlich in die Maschinerie hineingezogen. Die Maschine war bereits mit menschlichem Blut beschmiert, und da sie nicht mehr als eine Maschine war, blieb sie weiterhin ungerührt, unerschüttert, unzerstört. Besessen von dem Wunsch, die Rechtslage zu klären, marschierte er direkt in die Maschinerie hinein. Die Gesetze des Landes seien alle unrechtmäßig, sagte er. Sie seien ausschließlich für die weiße Minderheit da, die schwarze Mehrheit sei nie um ihre Meinung gefragt worden. Die Regierung sei die einer weißen Minderheit für eine weiße Minderheit; deswegen sähe sich die schwarze Mehrheit nicht dazu verpflichtet, diesen Gesetzen zu gehorchen. Auf sein Geheiß hin legten Tausende schwarzer Männer ihren »Paß« vor den Toren der Polizeistationen nieder.

Er war der Angeklagte in einem seltsamen Gerichtsverfahren. Weiße Polizisten waren bei all seinen öffentlichen Veranstaltungen anwesend gewesen und hatten sich Notizen gemacht, doch die Staatsanwaltschaft hatte keine Zeugen außer einem schwarzen Polizisten, der Analphabet war. Dessen Aussage wurde so knapp und stotternd vorgebracht, daß die Leute im Gerichtssaal laut lachen mußten.

»Ich war bei einer politischen Versammlung, wo dieser Mann eine Rede hielt. Ich hörte ihn sagen: ›Der Paß. Das ist unser Rohr ins Parlament.‹«

Es lagen neunundsechzig Leichen vor einer Polizeistation in Sharpeville. Er wurde wegen Anstiftung zum Aufruhr zu drei Jahren Gefängnis verurteilt. Dann wurde ein Sondergesetz verabschiedet, das ihm eine lebenslängliche Haftstrafe auferlegte. Er wurde nach neun Jahren entlassen und erhielt so viele Bannbefehle, daß er kaum mit seinen Mitmenschen kommunizieren konnte. Dann wurde er krank und starb.

So legte sich eine Decke des Schweigens über das Land. Die politische Opposition war so gnadenlos niedergeschlagen worden, daß Hunderte vor dieser monströsen Maschinerie entmutigt flohen. Es war das Ende von der langen Legende des gewaltfreien Widerstands. Doch das Wunder, mit dem die Leute nicht gerechnet hatten, geschah, und seit 1957 wurde der weiße Mann systematisch aus Afrika vertrieben, als politische Kraft, als regierende Macht. Nur in den südlichen Ländern verharrte die Sklaverei. Weil die Menschen in einem so gewaltigen Ausmaß mundtot gemacht worden waren, betrafen sie der Lauf und die Richtung der Dinge nicht mehr. Vor langer Zeit schon waren diese ihrem Zugriff entglitten in die Hände der Männer, die sich auf die Revolution vorbereiteten.

Als alles gesagt und getan und die Revolutionen ausgefochten und gewonnen waren, sehnten sich vielleicht nur noch die Träumer nach der Stimme eines Mannes, der so schön war wie das Christkind zu Weihnachten.

Träumer und Erzähler

Es war ein Wintermorgen. Kurz vor der Dämmerung leuchteten die Sterne wie geschliffene hellblaue Edelsteine am Himmel, und dann ging der Halbmond plötzlich in gespenstisch schönem Licht auf. Und es war ein Sommernachmittag. Der Sommerregen hatte meinen Hof mit blühenden Wildblumen übersät. Ich schien außerdem ständig von Tieraugen umgeben zu sein – Ziegen starrten mich an, Kühe starrten mich an, Hühner starrten mich an. Langsam rief mich die Hintergrundlandschaft ins Leben zurück. Was hatte ich über die Menschen in einem freien Land gesagt, ich, die mir ihre Kleider, ihre Ziegen, ihre Sonnenaufgänge und Sonnenuntergänge für meine Bücher auslieh? Es war nicht besonders höflich, glaube ich.

Die ewigen Wanderer in uralter Zeit trafen unerwartet bei den Menschen ein, die draußen an ihren Feuern saßen.

»Wer sind Sie?« fragten die Menschen.

»Ich bin der Träumer und der Erzähler«, antworteten sie. »Ich habe das Leben gesehen. Ich bin vom wunderbaren Zauber der Beziehungen zwischen den Menschen betrunken. Ich habe viel gelacht. Die große weite freie Welt ist so unschuldig ...«

Man stellt sich vor, daß die Menschen die Erzähler immer willkommen hießen. Jede menschliche Gesellschaft ist eine enge Welt, zu Tode verfangen in armseligen Übeln und Eifersüchteleien, und wenn Menschen hören, daß es Gedanken und Großzügigkeit gibt, die weiter und freier sind als ihre eigenen, bereichert das ihr Leben. Was aber geschieht mit dem Träumer und Erzähler, wenn er in eine tote Welt voll unvorstellbarer Grausamkeiten hineingeboren wird, die kein Wort und keine Geste der Liebe ändern kann? An erster Stelle, mit wem spricht man in Südafrika? Die Menschen dort sind keine Menschen, sondern Hautfarben und Haarstrukturen – Weiße, Farbige, Inder und Afrikaner. Wer kann darüber schreiben? Wo ist der Keil aus Unschuld und Lachen, der das menschliche Leid erträglich macht?

Es überrascht mich, wie oft das kreative Schreiben – unbewußt – für eine nationalistische Tätigkeit gehalten wird, und vielleicht ist es eher die gedämpfte Unterhaltung eines Schreibenden mit seiner eigenen Gesellschaft, die ein nationales Gefühl ausdrückt. Ich wurde so oft »die Schriftstellerin Botswanas« genannt, obwohl der typische Einwohner Botswanas nicht so gewalttätig ist wie ich. Ich wurde nicht mit sanften Kuhaugen geboren, sondern unter schwarzen Menschen, die immer, wenn etwas schiefging, sagten: »Warum sterben wir nicht alle lieber?« Und leise klang darin mit: »Wenn die Weißen uns so hassen.«

Das Gedankengut ändert sich rapide von einer Generation zur anderen. Wir reformierten die Sprache unserer Eltern, denn als der weiße Mann in Südafrika die ersten Schilder »Nur für Weiße« anbrachte, legte er zugleich die ganz normale Höflichkeit unter Menschen ab – wie etwa: bitte, danke und Entschuldigung –, während die schwarzen Menschen sie sich bewahrten, weil sie keine Bänke zu verteidigen hatten. Es ist unmöglich, eine Szene wie die folgende in eine menschliche Sprache zu übersetzen.

Einmal saß ich am Kapstädter Bahnhof auf einer Bank, auf der kein Hinweis »Nur für Weiße« zu sehen war. Ein paar Sekunden später kam ein weißer Mann auf mich zu und schrie: »Runter da!« Es schien ihm nicht aufzufallen, daß er das Gegenteil seines Traums von der Überlegenheit erreichte und ein lebendiges Objekt der Verachtung geworden war und daß Menschen, wenn sie menschlich sind, es nicht wagen, sich so zu verhalten.

Ich finde es besser, wenn man sich eine gewisse Unsicherheit dem Leben und dem Tod gegenüber bewahrt, die allen Menschen eigen ist: *Es gibt nicht viel, dessen ich mir sicher sein kann.* Ich finde es verachtenswert, wenn man dieses Gefühl der Unsicherheit – besonders aufgrund einer weißen Hautfarbe – mit Macht und Waffen verteidigt. Das scheint ihnen die Angst vor der Vergeltung ihrer Taten zu nehmen, und es erweckt in den Empfängern ihrer wilden, heftigen, brutalen Grausamkeit ein tiefes Gefühl von Schock.

Tag für Tag hört man von dem unvorstellbaren Gemetzel in Irland. Einmal begegnete ich einem durchreisenden Engländer. »Warum werden so viele Menschen in Irland umgebracht?« fragte ich. »Die Katholiken kämpfen für ihre Rechte«, sagte er. »Sie wurden schon immer diskriminiert, durften sich zum Beispiel keine eigenen Häuser kaufen und ähnliches. Es ist so wie in Südafrika. Dort nennen sie es Rassismus. In Irland nennen sie es Religion.«

Jeder unterdrückte Mensch kennt die versteckte Gewalttätigkeit in sich, als würde er schweigend auf den Augenblick warten, an dem das quälende Unrecht wiedergutgemacht wird. Ich habe es nicht vergessen, auch wenn ich mir, zur Ausführung meiner Aufgaben, die Kleider von einem Land wie Botswana auslieh.

Südafrika hat weiße Menschen reich und wohlhabend gemacht, doch ihr Besitzanspruch auf das Land ist widerwärtig und häßlich. Sie reden über Südafrika, wie die Touristen es in ihrer Sprache tun: »Dieses schöne, sonnige Land«, sagen sie. Dieser billige, unverschämte, armselige Abschaum der Menschen, der es nur sich allein so richtig gutgehen läßt, beherrscht alles, dringt überall ein. Wenn man ein Teil davon geworden ist, weil man dort geboren wurde, wie spricht man dann das Unaussprechliche aus? Deswegen gibt es in Südafrika keinen herausragenden Schriftsteller: Niemand kann aus billigen Mißklängen eine Melodie erschaffen.

Ich kann mir kaum vorstellen, daß es in Südafrika eines Tages zu einer Revolution kommen wird. In einer Welt, in der sich jeder normale Mensch auf seine Rechte beruft, ist sie aber unvermeidlich. Man kann nur hoffen, daß sich dort große Führer erheben, die sich an den leidvollen Rassenhaß erinnern, und daraus eine gemeinsame Sprache entwickeln, die von Liebe unter den Menschen spricht.

Hoffentlich wird auch das südliche Afrika eines Tages den Erzähler und Träumer beherbergen, der niemanden verletzte, sondern einfach nur neue Träume erweckte, die das Herz mit Verwunderung erfüllten.

Danksagung

Von den 21 Kurzgeschichten, die in der vorliegenden Anthologie *Orangen und Zitronen* veröffentlicht worden sind, sind drei Texte offenbar noch nie zuvor publiziert worden. Dabei handelt es sich um »Eigentum«, »Der General« und »Sohn userer Erde«. Die übrigen 18 erschienen in Literaturzeitschriften, Zeitungen und Anthologien. Diese sind:

Ich möchte eine Geschichte erzählen...: *New African*, Bd. 1, Nr. 9, Kapstadt 1962

Orangen und Zitronen: *London Magazine Stories 10*, hg. von Alan Ross, London 1976

Snowball: *New African*, Bd. 3, Nr. 5, Kapstadt 1964

Trauerkost: *Transition*, Bd. 30, Nr. 6, Kampala 1967

Chibuku-Bier und die Unabhängigkeit: *New African*, Bd. 5, Nr. 9, Kapstadt 1966

Die Menschen im Dorf, Die alte Frau, Sommerhitze, Der Grüne Baum: *Classic*, Bd. 2, Nr. 3, Johannesburg 1967

Tao: *Freedomways*, Bd. 7, Nr. 1, New York 1967

Die Frau aus Amerika: *New Statesman*, London, 26. August 1966

Chief Sekoto hält Gericht: *Africa in Thunder and Wonder: Contemporary Voices from African Literature*, hg. von B. Nolan, New York 1972

Machtkampf: *Bananas*, 22. August 1980

Das Zeitalter der Dunkelheit: *Kutlwano*, Bd. 16, Nr. 10, Gaborone/Botswana Oktober 1977

Eine Liebesgeschichte: *Wietie*, Nr. 2, Johannesburg 1980

Der Gefangene mit der Brille: *London Magazine*, New Series, Bd. 13, Nr. 4, London 1973

Wie das Christkind zu Weihnachten: *Marang*, Nr. 3, 1980/81

Träumer und Erzähler: *Listener*, London, 30. November 1972 (publiziert unter dem Titel: An African Story · Eine afrikanische Geschichte; Bessie Heads Originaltitel lautete: Borrowed Clothes – Geliehene Kleider)

Bessie Head
Sternenwende

Roman

Aus dem Englischen von Susanne Koehler
Mit einem Nachwort von Heike Brillmann-Ede
Lamuv Taschenbuch 208

Miriam, Tochter einer weißen Südafrikanerin und eines Schwarzen, wächst in Pflegefamilien in einer schwarzen Slumsiedlung auf. Als sie Anfang 20 ist, findet sie als Journalistin in Kapstadt Beschäftigung. Als Gerichtsreporterin ist sie tagtäglich mit dem Schicksal von Menschen konfrontiert, die laut Gesetz illegale Beziehungen pflegen: Weiße, schwarze und andersfarbige Südafrikaner geraten genauso in die Mühlen der Justiz wie Ausländer.
Johnny, ein schwarzer Kollege, erkennt Miriams Talent und will sie fördern. Sie, durchaus selbstbewußt, aber doch sehr zurückgezogen lebend, akzeptiert ihn als Partner. In Miriam sieht Johnny die Frau, vor der er sich nicht verstecken muß und mit der er die Liebe körperlich und intellektuell genießen will. Daß sie in Wirklichkeit Vater und Tochter sind, wissen sie nicht.

Ein Buch aus dem Lamuv Verlag

Bessie Head

Maru

Roman

Aus dem Englischen und mit einem Nachwort von
Gisela Feurle und Detlev Gohrbandt

Lamuv Taschenbuch 234

Margaret Cadmore, die neue Lehrerin, spaltet den Ort. Sie steht vorbehaltlos zu ihrer Masarwa-Abstammung, doch hier muß sie erleben, wie sehr ihr Volk diskriminiert wird. Nachdem ihre Herkunft bekannt geworden ist, erklärt ihr der Schuldirektor, sie sei »nicht länger ein Mensch«.
Maru, der geborene Führer, der es versteht, Dinge vorherzusehen und andere zu Handlungen zu veranlassen, die ihnen nicht bewußt sind, entdeckt Margarets Charakterfestigkeit. Er distanziert sich nicht nur von der Sklaverei, unter der die Masarwa zu leiden haben, sondern entwickelt ein neues Verhältnis gegenüber Frauen. Am Ende erklärt er Margaret seine Liebe: Die Tür zur Freiheit hat sich für sie geöffnet.

Bessie Head: »Nach all meinen Erfahrungen in Südafrika wollte ich einen zeitlosen Roman über die Grauenhaftigkeit rassischer Vorurteile schreiben. Aber er sollte auch so schön und magisch sein, daß ich, die Autorin, mich danach sehnte, ihn wieder und immer wieder zu lesen.«

Ein Buch aus dem Lamuv Verlag